रंगारंग हास्य कवि सम्मेलन

संयोजक

प्रेम किशोर 'पटाखा'

सह संयोजक

अशोक 'अंजुम'

कार्टूनिस्ट

जी.वै. हुबलीकर

प्रकाशक

वी एस पब्लिशर्स

F-2/16, अंसारी रोड, दरियागंज, नई दिल्ली-110002
☎ 23240026, 23240027, 23240028
info@vspublishers.com
www.vspublishers.com

Online Brandstore: amazon.in/vspublishers

क्षेत्रीय कार्यालय : हैदराबाद
5-1-707/1, ब्रिज भवन (सेन्ट्रल बैंक ऑफ इण्डिया लेन के पास) बैंक स्ट्रीट, कोटी, हैदराबाद-500 095
☎ 040-24737290
E-mail: vspublishershyd@gmail.com

फ़ॉलो करें:   

BUY OUR BOOKS FROM: AMAZON FLIPKART

ISBN 978-93-814481-3-7

नवीन संस्करण

मुद्रक : परम ऑफसेटर्स, ओखला, नयी दिल्ली-110020

आइए/मुस्कराइए

मौहल्ला से लेकर
विदेशों तक हल्ला मचाने वाले
प्रख्यात/सुविख्यात
ज्ञात/अज्ञात
हास्य कवियों से
कीजिए मुलाकात।

❍

यह माना कि इनमें
कुछ ग्रेट हैं
कुछ के गिरे हुए रेट हैं
कुछ के पिचके और
कुछ के निकले हुए पेट हैं
हास्यरस में सभी हैवी-वेट हैं।

❍

तो आइए/मुस्कराइए
हास्य महासागर में
गोते लगाइए
हंसिए, हंसाइए। खिलखिलाइए
गुदगुदाइए/ठहाके लगाइए।

–प्रेम किशोर 'पटाखा'

आमंत्रित कविगण

अशोक 'आनन'

'सृजन' नया बाज़ार, मक्सी-465106, शाजापुर (म. प्र.)

सामयिक वंदना

जय गणेश, जय गणेश, जय गणेश देवा।
जनता सारी भूखी मरे, मंत्री खाएं मेवा।।
कुर्सी के खेल में
अंधे भए नेता
वादों की नाव को
कोई नहीं खेता
मांझी के तेवर-हुए जानलेवा।
जय गणेश, जय गणेश, जय गणेश देवा।।
एक नहीं, दो नहीं
सब भ्रष्टाचारी,
जुल्म इनके सह रही
जनता बेचारी,
गरीबन के खून से, ये करें कलेवा।
जय गणेश, जय गणेश, जय गणेश देवा।।
प्यासन को लोटा देत
भूखन को थाली
चमुचन को मौका देत
औरन को गाली
चुनावन के टैम पै, करें देश-सेवा।
जय गणेश, जय गणेश, जय गणेश देवा।।

अशोक 'अंजुम'

'संवेदना' एफ-23, नयी कालोनी, कासिमपुर (पा.हा.)
अलीगढ़-202127 (उ.प्र.)

पागलखाना बनाम...

मूड, मूड है
एक दिन पागलों को देखने के लिए
मचल पड़ा
और मैं
आगरा के पागलखाने की ओर निकल पड़ा

○ ○ ○

पागलखाने में मेरा एक यार
डॉ. एम.एम. मजूमदार
एक लम्बे अर्से से चिकित्सा अधिकारी है
मैंने उसे अपने आने का कारण बताया
वह मुस्कराया
बोला-''आओ!''

○ ○ ○

पागलों का बाड़ा
एक तरफ एक पागल
दूसरे की कमीज फाड़ रहा था
तो दूसरी तरफ
एक खींच रहा था दूसरे का नाड़ा।

○ ○ ○

मित्र बोला–
वह देखो,
उधर कोने में जो पागल
घण्टों से कुर्सी पर बैठा है
बात–बात पर
देश को बचाने की दलीलें देता है
यह पिछले आम चुनाव में
हारा हुआ नेता है
वोटों की मार से
बुरी तरह घायल है
–अब पागल है!

○ ○ ○

और यह...
यह जो हिन्दू–मुस्लिम भाई–भाई
की आवाजें लगा रहा है
देखने में तो लगता है–
बड़ा भोला है
लेकिन सन् उन्नीस सौ सैंतालिस से
देश में साम्प्रदायिक दंगे करा रहा है
पिछले दंगे में
इसका अपना ही दामन
बुरी तरह से जल गया
और उसी के सदमे से

इसके दिमाग का
दिवालिया निकल गया

○ ○ ○

इधर आओ! इसे देखो!
ये जो गीली मिट्टी की
छोटी-छोटी गोलियां बना रहा है
और बार-बार, जबरदस्ती
दूसरे पागलों को खिला रहा है
शहर का मशहूर डॉक्टर है
एक दिन इसका इकलौता लड़का
इसी की दी हुई दवा से
राम को प्यारा हो गया
ऐसा मरा कि
इसके दिमाग की नैया ही डुबो गया।

○ ○ ○

इधर देखो!
ये जो हाथ-पैर हवा में फेंक रहा है
जोर-जोर से बेसुरा रेंक रहा है
ये...ये कवि है
दस वर्षों से दूसरों की कविताएं
मंचों पर सुनाता रहा
अर्थात् किसी और के चेक

अपने नाम से भुनाता रहा
एक दिन असली कवि ने पीट दिया
मंच पर ही घसीट दिया
उस दिन के बाद...
यह जब भी घर से निकलता
लोग इसकी हंसी उड़ाते
गली के कुत्ते इसके पीछे पड़ जाते
उड़ने-उड़ाने के चक्कर में
एक दिन इसका दिमाग ही उड़ गया
और यह यहां आकर
हमारे पागलखाने से जुड़ गया।

❍ ❍ ❍

यहां आओ!
ये जो पानी में
रेत मिलाकर चाट रहा है
बार-बार दांतों से
मिट्टी के ढेले काट रहा है
इसका मतलब यह न समझना
कि इसे मिट्टी से बहुत अधिक प्यार है,
अरे ये तो इंजीनियरों के बल-बूते पर
फलने-फूलने वाला ठेकेदार है।
पिछले साल इसके द्वारा बनाया गया पुल
पेमेन्ट मिलने से पहले ही ढह गया,
और उसी में
इसका दिमाग भी 'बह' गया।
ये ठेकेदार क्या है, जैसे-
अपने देश के सैनिकों द्वारा
अपने ही देश पर दागी गई मिसाइल है
अरे, दूर हटो! दूर हटो!!
-पागल है!

❍ ❍ ❍

इसे देखो!
ये अध्यापक है
इसने पर्चे आउट कराए

ऊंची रकम पर
बच्चे ट्यूशन पढ़ाए
परीक्षा में
संबंधियों के नम्बर बढ़ाए
पिछले दिनों एक छात्र
इसके ट्यूशन के पैसे पचा गया
एकलव्य की भांति अंगूठा तो न दे सका
लेकिन अंगूठा दिखा गया
परिणामस्वरूप–
ये यहां पागलखाने आ गया
देश के छात्र/छात्राएं
जहां आकर फंसते रहे–फंसते रहे
ये ऐसा दलदल है
अरे दूर रहो, छेड़ मत देना
क्या कहा–क्यों?
अरे भई पागल है!

○ ○ ○

उसे देखो!
वह जो बार–बार आंखें दिखा रहा है
सबसे ज्यादा हाथ–पैर चला रहा है
कभी–कभी औरों को काटने लगता है,
और अक्सर
उस मोटे वाले पागल को चाटने लगता है।
ये न समझना कि इसने
हद से ज्यादा तनाव भोगा है,
मिस्टर अंजुम, ये हमारे शहर का
छछूंदर ब्राण्ड दरोगा है।
पिछले दिनों एक चोर से डरकर भाग रहा था
रास्ते में ठोकर खा गया
इसका सिर एक पत्थर से टकरा गया
सिर के पत्थर से टकराते ही
इसका दिमाग पास के गड्ढे में सरक गया
और इसका परिवार
इसे यहां, पागलखाने में पटक गया।

○ ○ ○

और दोस्त!
आओ अब मैं तुम्हें
अन्तिम पागल के दर्शन करा दूं
और हां, यह इस पागलखाने का
सबसे मरियल और कमजोर पागल है
–यह भी बता दूं!
लेकिन फिर भी इसके हाथ–पैरों में
लोहे की जंजीर और कड़े हैं
वह देखो चार–चार कर्मचारी
इसकी निगरानी को खड़े हैं!
मैंने कहा–"यार!

सस्पेंस में मत डाल
ज्यादा मत सता
इस मरियल के लिए इतनी व्यवस्था
माजरा क्या है
जल्दी बता!"
वह बोला–"सुन!
इस पर सत्य बोलने के दौरे पड़ते हैं
इसके बोलने से
अच्छे–अच्छों के होश उड़ते हैं
दहेज, रिश्वत, बलात्कार आदि
समाज का कोई भी ऐब
इसे अत्यधिक कष्ट देता है

यह भ्रष्टाचार के अथाह सागर में
छेदों से भरी अपनी
आदर्शवाद की नाव खेता है
इस सतयुगी ने
घोर कलयुग में जन्म लिया है
बताओ ये सब आज के दौर में
पागलपन नहीं तो और क्या है?
पिछले दिनों–
एक मंत्री के साले को
इसने कत्ल करते देख लिया
अदालत में जब इसने
सही–सही किस्सा बयान किया
तो इसे दे दिया गया पागल करार
पहले तो पुलिस लॉकअप में खाई मार
अब यहां बिजली के झटके खाता है,
लेकिन आदमी बड़ा पक्का है
अपने इरादों से टल नहीं पाता है!''
मैंने भावुक होकर कहा–
''यार, तूने मेरे साथ इतना सब किया
इतना और कर दे
तो तेरा अहसान न भूलूं,
मैंने आज तक किसी सत्पुरुष को
नजदीक से नहीं देखा
यदि इससे नजदीक से मिलवा दे
तो इसके चरण छू लूं!''

❍ ❍ ❍

उस दिन के बाद दोस्तों
जब कभी भी उस पागलखाने की
यात्रा याद आती है
तो ऐसा लगता है, जैसे–
उस दिन पागलखाने में
देश के कर्णधारों की दुकान देखकर आया था
अर्थात्...अर्थात् मात्र तीन घण्टे में
सारे जहां से अच्छा
अपना हिन्दुस्तान देखकर आया था।

■ ■

सुहागरात की सिचुएशन

प्रस्तुत सिचुएशन में कवि अशोक 'अंजुम' ने कल्पना की है कि देश के कुछ चर्चित कवियों से यदि उनकी सुहागरात के संस्मरण को सुनाने के लिए कहा जाए, या शादी के पश्चात् पत्नी से पहला साक्षात्कार कैसे हुआ, उस पर प्रकाश डालने के लिए कहा जाए तो वह अपनी कविता, अपनी शैली, अपने विशिष्ट अंदाज में किस प्रकार सुनाएंगे! (प्रस्तुत कवियों से क्षमायाचना सहित)

★ गोपाल दास 'नीरज' ★

धीरे-धीरे मुखमण्डल से अपना घूंघट सरकाती जा
अपने रंग-रूप की ज्वाला से मन-हवन-कुण्ड दहकाती जा
वो मेज पे बोतल रक्खी है चल उठा पास आजा मेरे
मैं जब तक गीत लिखूं गोरी तू तब तक पैग बनाती जा

★ सुरेन्द्र शर्मा ★

पत्नी जी,
थारा घूंघट उठावण तै पहलै
तन्नै एक कविता सुणावंगा
सुणनी पड़ैगी
इत्ता सुनता ही व्रा लम्बलेट हो 'गी
मैं समझया लेट कै मूड बणारी है
थोड़ी देर बाद उन्नै हिला कै देख्या
तौ जांणौ कि वा सो 'गी

★ अशोक चक्रधर ★

सुहागरात को बीयर पीकर
मैं जैसे ही बेडरूम में आया
मैंने उन्हें अपनी उंगली को दिखाया
'पूछा; ये क्या है?'
वे बोलीं–उंगली।
मैंने कहा–धत् पगली,
ये उंगली नहीं
ये आज के कवि की कलम है
ये देश को दिशा दे सकती है
इसमें इतना दम है
इतना सुनकर पहले वे डरीं
फिर हसीं
बोलीं–"हं...हं... आज के कवि के पास कलम
और वो भी देश को दिशा दे सके
उसमें इतना दम!
क्यों मजाक करते हो
वैसे आपकी ये कलम
धरी की धरी रह जाएगी,
आप देश की बात करते हैं
ये मुझे ही दिशा नहीं दे पाएगी!

★ प्रेमकिशोर 'पटाखा' ★

पत्नी से प्रथम साक्षात्कार में
मैंने जैसे ही घूंघट उठाने के लिए किया ट्राई,
पत्नी गुर्राई–
अटेंशन,
हाथ ऊपर उठाइए,
चलिए, बेडरूम के
चार चक्कर लगाइए!
मैं चकराया–
''ये ऐसे क्यों ऐंठी है?''
तभी बेड के नीचे से आवाज आई
"बेटे सारी उम्र चक्कर पे चक्कर कटवाएगी
कर्नल की बेटी है!''

★ डॉ. सरोजनी प्रीतम ★

सुहागरात को
मेरी हरकतों से तंग आकर
उन्होंने ये कहा था–
तुम मुझे फूल-सी लग रही हो,
हां, बिल्कुल
'फूल' सी लग रही हो!

★ काका हाथरसी ★

काकी बैठी बेड पर लाल दुपट्टा ओढ़
मैंने पकड़ा हाथ वे बोलीं-काका छोड़
बोलीं-काका छोड़, कराटे की ज्ञाता हूं
मैं बोला-प्रिय मैं भी बॉक्सर कहलाता हूं (डराना पड़ा)
कह काका कविराय, रात वो ऐसे बीती
जैसे रावण मार राम ने लंका जीती

★ सुरेन्द्र सुकुमार ★

हमारे मुहल्ले में रहते हैं एक मिर्जा खालिद
चार बच्चों के इकलौते वालिद
सुहागरात को मैंने जैसे ही
पत्नी का घूंघट उठाने के लिए
हाथ आगे बढ़ाया
हमें मिर्जा खालिद का खयाल आया
उन्होंने कहा था–
    'आज की रात अगर पत्नी से दब गए
    तो सारी उम्र दबोगे
    उसका पानी और
    ससुराल वालों का हुक्का भरोगे।'
यह खयाल आते ही
हम बनावटी रौब के साथ गुर्राए
''देखो, यदि सुख से रहना है तो
तुम मेरी किसी भी बात में टांग नहीं अड़ाओगी
मैं जो हुक्म दूंगा, बजाओगी!''
वे बोलीं–
''नाथ, मैं तो आपकी दासी हूं
आप जो हुक्म देंगे, मानूंगी
मैं तो आपके प्यार की प्यासी हूं!''
इतना सुनते ही मेरा सारा रौब पिघल गया
मैं उनके इस अंदाज पर फिसल गया
मेरा फिसलना
रात्रि के अंतिम पहर में मुझे चिड़ा रहा था,
वे आराम से खर्राटे भर रही थीं
और मैं उनके चरण दबा रहा था!

★ शैल चतुर्वेदी ★

मैंने जैसे ही उनका घूंघट उठाया
मेरी बाईं आंख चल गई
यह देखकर
नवोदित पत्नी उछल गई
गुर्राते हुए बोली–
"कब से चला रहे हो?"
मैं डरते हुए बोला–
"जन्म से!"
वे बोलीं–
"अब नहीं चलाओगे,
यदि मेरी चलने लगी
तो पछताओगे?"

★ डॉ. बरसानेलाल चतुर्वेदी ★

घुंघटा उठाइवे कूं जैसें ही बढ़ाऊं हाथ,
अरी मतवारी और दूर-दूर जावै है।
सबरी जवानी जाई दिन कूं गुजार दई,
मान मेरी बात लाजो काहे तड़पावै है।
म्हौं दिखरौनी दंगो तोकूं अरी बढ़िया सी,
मेरे नेंक पास आ चौंसर कूं हिलावै है।
लाइसंस मोहि मिलौ तो सौं ब्याह करिकै
हरी झण्डी देत नाय नखरे दिखावै है!

★ हुल्लड़ मुरादाबादी ★

अपने मिलन की प्रथम रात्रि में
मैंने उनसे पूछा–
"तुमको मैं पसंद हूं?"
वे बोलीं–
"मैं क्या बताऊं
मैं तो समाज द्वारा बनाए गए
सभ्यता के पिंजरे में बंद हूं
अगर खुली होती
तो ये कहती–
कि आपको देखकर

मेरा दिल हिल गया,
मैं क्या करूं राम मुझे बुड्ढा मिल गया''

★ अशोक 'अंजुम' ★

मैंने जैसे ही
उनका घूंघट उठाया
मुझे देखते ही
उनका दिमाग चकराया
बोलीं–
''तुम तो बिल्कुल सींकिया पहलवान हो
गृहस्थी का बोझ कैसे उठाओगे?''
मैं बोला–
''प्राण प्यारी!
मेरे शारीरिक ढांचे पर मत जा
अच्छा ये बता–
अक्ल बड़ी या भैंस?''
वे झट बोलीं–भैंस!''
यह सुनकर
मेरे जीवन में जो परिवर्तन आया
उसे आपको क्या बताना
निष्कर्ष के रूप में
बस इतना जानता हूं,
पहले मैं
अक्ल को बड़ी मानता था
आजकल भैंस बड़ी मानता हूं।

ओम् प्रकाश आदित्य

जी 9/12, मालवीय नगर, नई दिल्ली-1117 फोन: 6444254

इधर भी गधे हैं उधर भी गधे हैं

इधर भी गधे हैं, उधर भी गधे हैं।
जिधर देखता हूं गधे ही गधे हैं॥
गधे हंस रहे आदमी रो रहा है।
हिन्दोस्तां में ये क्या हो रहा है॥
जवानी का आलम गधों के लिए है।
ये रसिया ये बालम गधों के लिए है॥
ये दिल्ली ये पालम गधों के लिए है।
ये संसार सालम गधों के लिए है॥
पिलाये जा साकी पिलाये जा डट के।
तू व्हिस्की के मटके पै मटके पै मटके॥
मैं दुनिया को अब भूलना चाहता हूं।
गधों की तरह झूमना चाहता हूं॥
घोड़ों को मिलती नहीं घास देखो।
गधे खा रहे हैं च्यवनप्राश देखो॥
यहां आदमी की कहां कब बनी है।
ये दुनिया गधों के लिए ही बनी है॥
जो गलियों में डोले वो कच्चा गधा है।
जो कोठे पै बोले वो सच्चा गधा है॥
जो खेतों में दीखे वो फसली गधा है।
जो माइक पै चीखे वो असली गधा है॥
मैं क्या बक रहा हूं, ये क्या कह गया हूं।
नशे की पिनक में कहां बह गया हूं॥
मुझे माफ करना मैं भटका हुआ था।
ये ठर्रा था, भीतर जो अटका हुआ था॥

काले में दाल

बेईमानी भारत की आधुनिक सभ्यता है,
संस्कृति टूटी कुटियों में फटे हाल है।
पतियों की तरह रोज पार्टी बदलती है,
राजनीति आज ऐसी हो गई छिनाल है।

कंचन कवच पहने भेड़िये विचरते हैं,
चापलूस गीदड़ों की चांदी जैसी खाल है।
भ्रष्टाचार देश में या देश भ्रष्टाचार में है,
दाल में है काला या काले में ही दाल है?

लापता गधा

आगरे का धोबी एक राजधानी दिल्ली आया,
दिल्ली वालों से यों बोला दुखी होके मन में।
गांव-गांव भटका मैं नगर-नगर गया,
वन में मिला न मुझे मिला उपवन में।
टीले पर चढ़कर ढेंचू-ढेंचू बोलता था,
बड़ा होनहार दिखता था! बचपन में।
पिछले चुनावों से वो मेरा गधा लापता है,
ढूंढन आया हूं उसे, संसद भवन में।

पांच-पचास का हिसाब

एक स्वर्गीय नेता नरक में गया,
यमराज ने कहा कि चुपचाप बैठ जाइये।
अपने मुनीम चित्रगुप्त को बुलाके बोले,
''इनका हिसाब अतिशीघ्र समझाइये।''
चित्रगुप्त ने कहा कि यमराज महाराज,
इनके हिसाब में न शीघ्रता दिखाइये।
पांच साल में जो इनने हैं कारनामे किये,
उन्हें बतलाने को पचास साल चाहिये।

भोज की भविष्यवाणी

फिर से चुनाव की लहर ने कहर ढाया,
नदियों के साथ कैसे-कैसे नाले बह गए।
उल्लुओं को अम्बुआ की डाल पर देखकर,
होसले बसन्त के अनन्त तक ढह गए।
भारत में कभी गंगू तेलियों का राज होगा,
जाते-जाते राजा भोज मंत्रियों से कह गए।
चांद से चरित्र वाले नेता सब चले गए,
नेताओं के नाम पर ये कलंक रह गए।

कालिज के लड़के

नेता का चरित्र अभिनेताओं के चित्र देख,
विद्यार्थियों के रथ के तु रंग भड़के।
एम.ए., बी.ए. करके जो घर में पड़े हुए हैं,
सोचते हैं हमने क्या कर लिया है पढ़के।
अनपढ़ थे वे राजनति में सफल हुए,
बुद्धू बुद्धिमान हुए कुर्सी पे चढ़के।
इल्म की किताबें लिए प्रोफेसर रो रहे हैं,
फिल्म देखने गए हैं कालिज के लड़के।

कुर्सी सौतन भई

मंत्री जी की पत्नी ने एक सहेली से कहा,
"सखी! मेरी जान का बवाल हुई कुर्सी।
इनके,दरस को मैं घर में तरसती हूं,
बांहों का परस ले निहाल हुई कुर्सी।
ससुराल का भी दिन पीहर-से काटती मैं,
पीहर में इन्हें ससुराल हुई कुर्सी।
तोड़ दूंगी दारी को या इनको ही छोड़ दूंगी,
मैं रहूंगी या रहेगी ये छिनाल कुर्सी।"

पाणिग्रहण

ओ घोड़ी पर बैठे दूल्हे!
क्या हंसता है?
देख सामने तेरा आगत
मुंह लटकाए खड़ा हुआ है,
अब हंसता है फिर रोएगा
शहनाई के स्वर में जब बच्चे चीखेंगे
चिंताओं का मुकुट शीश पर धरा रहेगा

खर्चों की घोड़ियां कहेंगी
आ अब चढ़ ले,
कारनेट का कंठ ढोल-सा हो जाएगा।
तब तुझको यह पता चलेगा
उस मंगनी का क्या मतलब था,
उस शादी का क्या मतलब था।

ओ रे बकरे!
भाग सके तो भाग, सामने बलिवेदी है
दुष्ट बराती नाच कूदकर,
तुझे सजाकर धूम-धाम से
दुलहन रूपी चामुण्डा की
भेंट चढ़ाने ले जाते हैं।

अरे शिकारी!
आज जिसे तू मुर्गी समझकर
मिलने के हित पुलक रहा है
मोहित मन से मधुर-मधुर हो ढुलक रहा है,
आग चलकर वही सिंहनी साबित होगी,

मंडप नीचे बैठे ओ मिट्टी के माधो!
हवन नहीं यह भवसागर का बड़वानल है।
मंत्र नहीं लहरों का गर्जन
पंडित नहीं ज्वार-भाटा है
भांवर नहीं भंवर है पगले!
दुलहन नहीं ह्वेल मछली है
तू गठबंधन जिसे समझता
भाग अरे यम का फंदा है

अरे निरक्षर!
बी.ए., बी.टी. होकर भी तू
पाणिग्रहण का अर्थ समझने में
असफल है
ग्रहण-ग्रहण सब एक, अभागे!
सूर्य ग्रहण हो
चंद्र ग्रहण हो
पाणिग्रहण हो

■ ■

अरुण जैमिनी

ए-57, सरस्वती विहार, दिल्ली-110034

ताई मर गई

वहां तो खूब मिलेगा तर माल
यह सोचकर
पंडित भी चौधरी के साथ चला गया
ससुराल
बताए और पूछे सबके हालचाल
उसके बाद
हलुवा सामने आया
चौधरी ने तत्काल
एक चम्मच उठाया
हलुआ था इतना गरम
कि न निगला जाए, न उगला
आंखों से बहने लगा पानी
पंडित ने पूछा–
"चौधरी साहब क्या हुआ?"
चौधरी बोला–
"कुछ नहीं,
जब घर से चला था तो ताई बीमार थी
उसकी याद आ गई।"
पंडित ने उसकी ओर से ध्यान हटाया
और हलुवे पे जमाया
तो कमाल हो गया

खाते ही
उसका तो और भी बुरा हाल हो गया
आंखों से बहने लगा टपटप पानी
चौधरी यह देखकर मुस्कराया
गरदन हिलाते हुए फरमाया–
''क्यों पंडितजी, आपके क्या हुआ?''
पंडित बोला–''चौधरी साहब
हलवे से मेरा पेट तो क्या
आत्मा भी भर गई,
मुझे तो लगता है
ताई मर गई।''

पचाएगा कौन?

एक भिखारी
अपना दायां हाथ बाएं हाथ से छुआकर
बार-बार मुंह की ओर ले जा रहा था
काफी देर यह दृश्य देखने के बाद
मैंने उससे पूछा–

'भाई, यह क्या कर रहा है?''
वह बोला–
''मैंने कल्पना का घोड़ा दौड़ाया है
एक हाथ को गुड़
दूसरे को रोटी बनाया है

गुड़ से रोटी छुआ-छुआकर खा रहा हूं
इस तरह असली भूख को
कोरी कल्पना से मिटा रहा हूं।''
मैंने कहा-
''अरे, देश इक्कीसवीं सदी में जा रहा है
और एक तू जो कल्पना में भी
गुड़ से रोटी खा रहा है!
देश के विकास का कुछ तो ध्यान कर
अगर कल्पना ही करनी है
तो हलवे-पूरी की कर!''
सुनते ही भिखारी गुस्से में गुर्राया-
''चल-चल, अपना रस्ता नाप
अबे, हलवे-पूरी की कल्पना
कर तो लूं
लेकिन पचाएगा कौन?
तेरा बाप?''

चोरी

एक रात जब मैं
कवि-सम्मेलन से घर आया
तो दरवाजों को
अपने स्वागत में खुला पाया।
अंदर
कवि की कल्पना
या बेरोजगार के सपनों की तरह
सारा सामान बिखरा पड़ा था
और मैं
हूट हुए कवि की तरह खड़ा था।
क्या-क्या गिनाऊं सामान
बहुत कुछ चला गया श्रीमान
बस एक ट्रांजिस्टर में
बची थी थोड़ी-सी ज्योति
जो घरघरा रहा था
'मेरे देश की धरती सोना उगले
उगले हीरे-मोती।'

सुबह होते ही लोग आने लगे
चाय पीकर
और उपदेश पिलाकर जाने लगे
मेरे गम में अपना गम
गलत करने के लिए
ठूंस-ठूंस कर खाने लगे।
चोरी हुई सो हुई
चीनी-पत्ती-दूध पर पड़ने लगा डाका
दो ही घंटे में
खाली डिब्बों ने मेरा मुंह ताका।
मेरी परेशानी देखकर
मेरे पड़ोसी शर्माजी ने ऐसा पड़ोसी धर्म निभाया,
मुझसे पैसे लिए
और पत्ती-चीनी के साथ समोसे भी ले आया।
इसी तरह चाय-पिलाते-पिलाते
और चोरी का किस्सा बताते-बताते
सुबह से शाम हो गई
गला बैठ गया और आवाज खो गई
पिचहत्तरवें आदमी को
जब मैंने बताया
तो गले में दो ही शब्द बचे थे-'हो-गई'।
अगले दिन जब मैंने
दरवाजे जितना बड़ा बोर्ड बनवाया
और उसे दरवाजे पर ही लटकाया
जिस पर लिखवाया-
भाइयों और बहनों
कल रात जब मैं घर आया
तो मैंने पाया
कि मेरे यहां चोरी हो गई
चोर काफी सामान ले गए
मुझे दुःख और आपको खुशी दे गए
क्योंकि अब मैं जान गया हूं
कि वही आदमी सुखी है
जिसका पड़ौसी दुःखी है।
कृपया अपनी खुशी

मेरे साथ शेयर न करें
अंदर आकर
चाय पीकर शर्मिन्दा न करें।
आपका अदर्शनाभिलाषी।
लेकिन उसे पढ़कर एक सज्जन अंदर आया
मैंने अपना गला सहलाते हुए उसे बोर्ड दिखाया
वो बोला–"भाई साहब,
बोर्ड मत दिखाओ
हुई कैसे, ये बताओ?"
मेरे पत्रकार मित्र ने तो पूरी कर दी बरबादी
अगले दिन खबर अखबार में ही छपवा दी।
अब क्या था
मेरी जेब में मच गया हाहाकार
दूर-दूर से आने लगे
जाने-अनजाने, यार-दोस्त, रिश्तेदार।
एक दूर के रिश्ते की मौसी बोली–
"बेटा, आज तो मेरा व्रत है
आज तो बस मैं फल और मेवे ही खाऊंगी
और जब तक चोर पकड़ा नहीं जाएगा
तुझे अकेले छोड़कर नहीं जाऊंगी!"
दस दिन बाद मैंने हिसाब लगाया
चोरी तो तीन हजार की हुई थी
पर उसका हाल बताने में
पांच हजार का खर्चा आया।

मैंने सोचा–बचे-खुचे पैसे भी
ठिकाने लग गए तो कहां जाऊंगा?
अगर दस दिन और इसी तरह चलता रहा
तो मैं तो मारा जाऊंगा।
अगले दो दिन और मैं इसी तरह से जिया
पर तीसरे ही दिन
मैंने एक खतरनाक और ऐतिहासिक फैसला किया।
अपने भीतर
फौलादी इच्छा–शक्ति भर ली
और उसी रात पड़ोसी शर्मा के यहां
छोटी–मोटी चोरी कर ली।
अगले दिन मैंने
सुबह का नाश्ता शर्माजी के यहां जमाया
पत्रकार मित्र से कहकर अखबार में छपवाया
और अपनी रिश्ते की मौसी को
उसके रिश्ते को बुआ बनवाया।
अब जब भी
उनके घर की घंटी बजती
मेरे भीतर के जानवर को
बहुत खुशी मिलती।
मैं मन ही मन कहता–
''अबे शर्मा राम–भरोसे
ले और खा ससोसे!
अब शर्माजी की तबियत बुझ गई
मेरी खिल गई
जिसका पिछले तेरह दिन से इंतजार था
वो शांति मुझे मिल गई।
मेरी जेब में पड़ा
आखिरी दस का नोट
अब किसी से नहीं डरेगा,
अब मुझे पता है
कि मेरे यहां चोरी क्यों हुई?
और मौहल्ले में
अगली चोरी कौन करेगा?

■ ■

अशोक चक्रधर

जे-116, सरिता विहार, मथुरा रोड, नई दिल्ली-110044

हैलो-हैलो-636363/6831616

टें बोल दो ना!

बच्चे ने रट लगा दी
बार-बार कहे-
'दादी!
तोते की तरह
टें बोलकर दिखाओ!'
दादी भी अड़ गई-
'क्यों बोलूं ये बताओ?'
आखिरकार बच्चे ने राज खोला
मासूमियत से बोला-
'कल रात जब
मैं झूटमूट को सो रहा था
तब पापा ने
मम्मी से कहा था
कि अम्मा जब
टें बोलेगी तो
खूब सारे रुपये मिलेंगे
फिर हम
ये घर बेचके

दूसरा लेंगे।'
किसी तरह
बुढ़िया ने रोक लिया रोना
बच्चा जिद कर रहा था–
'टें बोल दो ना!'

दया

भूख में होती है कितनी लाचारी
ये दिखाने के लिए एक भिखारी
लॉन की घास खाने लगा,
घर की मालकिन में
दया जगाने लगा।
दया सचमुच जागी
मालकिन आई भागी–भागी–
'क्या करते हो भैया?'
भिखारी बोला–
'भूख लगी है मैय्या!
अपने आपको
मरने से बचा रहा हूं
इसलिए घास ही चबा रहा हूं।'
मालकिन ने आवाज में मिसरी–सी घोली
और ममतामयी स्वर में बोली–
'कुछ भी हो भैया
ये घास मत खाओ
मेरे साथ अंदर आओ!'
दमदमाता ड्राइंगरूम
जगमगाती लाबी
ऐशोआराम के सारे ठाठ नवाबी।
फलों से लदी हुई
खाने की मेज
और किचिन से आई जब
महक बड़ी तेज
तो भूख बजाने लगी
पेट में नगाड़े
लेकिन मालकिन ले आई उसे

घर के पिछवाड़े।
भिखारी भौंचक्का-सा देखता रहा
मालकिन ने और ज्यादा प्यार से कहा-
"नर्म है, मुलायम है, कच्ची है
इस खाओ भैया
बाहर की घास से ये घास अच्छी है।"

जंगल-गाथा

एक नन्हा मेमना
और उसकी मां बकरी
जा रहे थे जंगल में
राह थी संकरी।
अचानक आ गया सामने से शेर
लेकिन अब तक तो
हो चुकी थी देर।
भागने का नहीं था
कोई भी रस्ता
बकरी और मेमने की
हालत खस्ता।
उधर शेर के कदम धरती नापें,
इधर ये दोनों
थर-थर कांपें।
अब तो शेर आ गया
एकदम सामने

बकरी लगी जैसे-तैसे
बच्चे को थामने।
छिटककर बोला
बकरी का बच्चा-
शेर अंकल।
क्या तुम खा जाओगे
एकदम कच्चा?
शेर मुस्कराया
अपना भारी पंजा
उसने
मेमने के सिर पर फिराया।
बोला-
हे बकरी कुल गौरव
आयुष्मान भव!
दीर्घायु भव!
चिरायु भव!
कर कलरव!
हो उत्सव!
साबुत रहें तेरे सब अवयव।
आशीष देता ये पशु-पुंगव-शेर
कि अब नहीं होगा
कोई अंधेर।
उछलो, कूदो, नाचो
और जियो हंसते-हंसते
अच्छा बकरी मैया, नमस्ते!
इतना कहकर शेर
कर गया प्रस्थान
बकरी हैरान-
बेटा ताज्जुब है
भला ये शेर किसी पर
रहम खाने वाला है
लगता है जंगल में
चुनाव आने वाला है

○ ○ ○

पानी से निकलकर
मगरमच्छ किनारे आया
इशारे से
बंदर को बुलाया
बंदर गुर्राया–
खों खों
क्यों
तुम्हारी नजर में तो
मेरा कलेजा है?
मगरमच्छ बोला–
नहीं नहीं
तुम्हारी भाभी ने
खास तुम्हारे लिए
सिंघाड़े का अचार भेजा है।
बंदर ने सोचा
ये क्या घोटाला है,
लगता है जंगल में चुनाव आने वाला है।
लेकिन बोला–
वाह!
अचार, वो भी सिंघाड़े का
यानि तालाब के कबाड़े का!
बड़ी ही दयावान
तुम्हारी मादा है
लगता है शेर के खिलाफ
चुनाव लड़ने का इरादा है।
कैसे जाना, कैसे जाना?
ऐसे जाना, ऐसे जाना
कि आजकल
भ्रष्टाचार के तालाब में
नहाने के बाद
जिसकी भी छवि स्वच्छ है
वही मगरमच्छ है।

○ ○ ○

थोड़ी देर बाद
एक रोटी का बंटवारा कराने

आईं दो बिल्ली
बंदर ने बिल्कुल नहीं उड़ाई
उनकी खिल्ली।
बड़ी गंभीरता से
अपना झोला खोला,
और ठीक वैसी ही
एक रोटी निकालते हुए बोला–
अरे!
किस बात की लड़ाई है
दोनों एक-एक
साबुत रोटी खाओ न
और लो
ऊपर से ये मलाई है।
बिल्लियां हैरान
दोनों के
खड़े हो गए चारों कान–
ये क्या गड़बड़झाला है
लगता है जंगल में
चुनाव आने वाला है।
बंदर बोला–
ठीक पहचाना है
और तुमको एक
रहस्य बताना है
कि जो असंभव था
वो संभव हो गया है
भेड़िया दल (ब)
गीदड़ दल (ग)
तेंदुआ दल (तूं)
और घोंदुआ दल (पूं) का
मेरे वानर दल में विलय हो गया है।
जंगल की राजनीति में
जितने भी अनाथ हैं
सब मेरे साथ हैं
अब इस संयुक्त मोर्चे को जिताना है
जंगल से आंतक मिटाना है।
देखो, तुम हमारी पड़ोसी हो

और असल बात ये
कि शेर की मौसी हो।
जितने वोट दिलवाओगी
उतने चूहे पाओगी!

❍ ❍ ❍

एक चुहिया
दौड़ी-दौड़ी बिल में आई
चूहे के कान में फुसफुसाई–
ऊपर दो बिल्लियां
बातें कर रही हैं
रामनामी ओढ़कर
सबसे मुलाकातें कर रही हैं
कहती हैं–
हमारी अनऑथोराइज्ड बिल कालोनी को
पास कर दिया जाएगा
बिजली पानी का इंतजाम भी
खास कर दिया जाएगा।
चूहा बोला–
यहां तो अंधेरे में ही
उजाला है
लगता है जंगल में
चुनाव आने वाला है।

❍ ❍ ❍

एक ओर भौंक-भौंक कर
परेशान श्वान थे
एक-दूसरे के
खींच रहे कान थे
चिड़िया बोली–
इनमें कुछ तो
वाकई दुष्ट हैं
टिक़िट नहीं मिला है न
इसलिए असंतुष्ट हैं।

❍ ❍ ❍

जंगल में थे
नारे और वादे
पंजों में छिपे हुए
खूंखार इरादे।
भालुओं से कहा गया
सारे मधुमक्खी-छत्तों पर
उनका रिजर्वेशन होगा,
मधुमक्खियों से कहा गया
भालुओं से तुम्हारा प्रोटेक्शन होगा।
चूहों से कहा गया
चील नहीं होगी
चील से कहा गया
चूहा सप्लाई में
ढील नहीं होगी।
हिरनों से कहा गया
जीवन में अहर्निश सवेरा होगा
उल्लुओं से कहा गया
दिन में भी अंधेरा होगा

○ ○ ○

इधर झूमता हुआ उन्माद में
शेर आया अपनी मांद में
बोला–
    पूरा जंगल घेरनी
    ओ माई स्वीट हार्ट शेरनी
    आई लव यू ईलू ईलू!
शेरनी बोली–
    डार्लिंग
    आई लव यू टू ईलू ईलू!
    लेकिन आज लग रहे हो
    ढीलू ढीलू।
शेर बोला–
    ऐसा?
    तो ला थोड़ी विस्की पी लूं।

शेरनी बोली–
    विस्की तो जरूर पिलाऊंगी,
    उसमें
    बरफ और सोडा भी मिलाऊंगी
    पर मुझे भी तो
    कुछ दिला दो,
    एक ताजा मुलायम–सा
    खरगोश ला दो
सिंहनी के कान में हुआ
फुसफुसाहट का सिंहनाद–
    खरगोश तो खिलाऊंगा डार्लिंग
    पर चुनावों के बाद।

○ ○ ○

ये बेचारे हिरन, खरगोश
भेड़ और बकरी
गाय, भैंस, खच्चर, घोड़े
चिड़िया और गिलहरी,
ये नहीं जानते हैं कि
शेर हो गया तेंदुआ
भगर्रा हो गया भेड़िया
ये सबके सब आग से डरते हैं
कैसे भी गब्बर या बब्बर क्यों न हों
आग का सामना नहीं करते हैं।
जिस दिन भी जंगल की जनता में
आग की चेतना वाली
एक भी मशाल आ जाएगी
सच मानिए
उस दिन जंगल की
निजामत बदल जाएगी

■ ■

काका हाथरसी

संगीत कार्यालय, हाथरस (उ.प्र.)

रेल में सांप

कटनी पर गाड़ी खड़ी जाना था भोपाल,
कवि-सम्मेलन में जगे, आंख हो रही थी लाल।
आंख हो रही थी लाल, खचाखच थी वह बोगी,
जगह नहीं बिलकुल, भगवन अब कैसी होगी?
'तरुण' घुस गए भीतर, करके धक्कमधक्का,
प्लेटफार्म पर, दाड़ी हिला रहे थे कक्का।
पांच रुपये में खरीदा, एक रबड़ का सांप
आंख बचा, सरका दिया डिब्बे में चुपचाप।
डिब्बे में चुपचाप, चल गई चाल निराली,
सांप-सांप का शोर, हो गया डिब्बा खाली।
हमने कहा कि तरुण, किसी को कुछ न बताओ,
दो बर्थों पर, दोनों चुपके से सो जाओ।
खिड़की कर ली बंद, इत-उत दोनों ओर,
खर्राटे भरते रहे छह घण्टे घनघोर।
छह घण्टे घनघोर, खुली जब आंख हमारी,
करन लगे भोपाल उतरने की तैयारी।
दंग रह गए, खिड़की से बाहर जब झांका,
कहा तरुण जी ने यह तो 'कटनी' है काका।

क्या बकते हो, कर रहे कैसी उल्टी बात,
खड़ी रहेगी ट्रेन क्यों, कटनी सारी रात।
कटनी सारी रात, नहीं कुछ पिया न खाया,
होश उड़ गए एक कुली ने जब बतलाया।
इस डिब्बे में सांप निकल आया था बब्बा,
ट्रेन गई भोपाल, काट करके यह डब्बा।

काका कवि पछता रहे, करके ऐसा खेल,
जीवन को धिक्कार है, चाल हो गई फेल।
चाल हो गई फेल, कसम आगे को खालो,
काट खाए तुमको, ऐसा कुत्ता मत पालो।
सांप खरीदा था जब, तब तक था वह नकली,
हमको ही डस गया, ट्रेन में बनकर असली।

ईलू-ईलू

देख सुन्दरी षोडसी, मन बगिए खिल जाए,
मेंढक उछलें प्यार के, जिया-हिया हिल जाए।
जिया-हिया हिल जाए बीमारी है यह खोटी,
रोटी भावै नहीं फड़कती बोटी-बोटी।
पुष्ट पहलवां भी हो जाता ढिलम-ढीलू,
चिल्लाए दिन-भर बेचारा ईलू-इलू।

होली–उमंगः मूर्ख–तरंग

बुद्धिमान बनकर रहे, सदा उठाए दुक्ख,
बुद्धू बनकर जिएं तो, मिले सर्वदा सुक्ख।
मिले सर्वदा सुक्ख, न इसमें शंका कोई,
कह गए तुलसी बाबा, होती हो सो होई।
मूरख बनकर एक वर्ष तो मौज कीजिए,
लाभ न हो तो, इसे छोड़ दल बदल लीजिए।
कुत्ते, बंदर या गधे, कभी न देखे त्रस्त,
इन पर राशन कार्ड नहिं, फिर भी हैं अलमस्त।
फिर भी हैं अलमस्त, लीजिए इनसे शिक्षा,
मिल जाए सो खाएं, मांगते कभी न भिक्षा।
नहीं समस्या गैस सिलेन्डर या चूल्हे की,
नहिं दहेज की फिक्र, न बीवी या दूल्हे की।
काका कवि से पूछते, कविवर श्री 'पाषाण',
कौन अधिक इस मुल्क में मूरख या विद्वान?
मूरख या विद्वान, जांच आयोग बिठाया,
सर्वेक्षण अधिकारी, सही आंकड़े लाया,
बुद्धिमान हैं बीस, मूर्खजी अस्सी पाए,
नहीं मानते इसे, उन्हें समझो चौपाए।
भारतीय गणतंत्र में, वयस्क मताधिकार,
जिसके ज्यादा वोट हों, उसकी हो सरकार।

उसकी हो सरकार, फटीचर हो या टीचर,
नेता बनकर बैठे जनता की छाती पर।
झंडा-डंडा पकड़, बोट क्लब पर छा जाएं,
बुद्धिमान टापें, बुद्धूजी मक्खन खाएं।
महंगाई का नहिं पड़ा, इन पर कभी प्रभाव,
मरुस्थल में भी तैरती, मूर्खचंद की नाव।
मूर्खचंद की नाव, बाढ़ हो अथवा सूखा,
देशी घी का हलवा हो या फुलका रूखा।
इन्हें नहीं परवाह, देश की हालत कैसी,
बढ़ जाने दो टैक्स, बजट की ऐसी-तैसी।

■ ■

गणेश सोनी 'प्रतीक'

गांधी चौक, कवर्धा राजनांदगांव (म.प्र.)

'कांटा' ही मार लिया करते हैं

*हमने दुकानदार से पूछा–
"हे महामहिम ईमानदार जी
आपसे कुछ जानने क़ा है विचार जी!"
दुकानदार ने कहा–
"हां... हां... कहिए
जरा तराजू से दूर रहिए!"
हमने पूछा–
"आपकी शक्कर में
नमक का स्वाद कैसा?
इस तरह का
भीषण अपवाद कैसा?"
उन्होंने जवाब दिया–
"हम उपभोक्ताओं की
गाढ़ी कमाई का इसी रूप में
'नमक' अदा करते हैं
हम भी कुछ सोच-समझकर
धंधा करते हैं।"*

हमने पूछा–
"आपकी हल्दी में
पीली मिट्टी की मिलावट क्यों?
इस तरह की अनोखी सजावट क्यों?"
दुकानदार ने भड़ककर
धमन भट्टी की भांति भभककर
कहा–"अरे यार!
आखिर प्रत्येक, एक दिन
माटी में ही मिल जाता है
हल्दी माटी में मिल गई तो
क्यूं चिल्लाता है।"
हमने पूछा–
"आपके तेल में
पानी का मेल क्यों?
इस तरह अद्भुत खेल क्यों?"
उन्होंने जवाब दिया–
"अरे भाई!
अपन खानदानी स्वाभिमानी हैं,
तेल ही क्या
हमारे खून तक में पानी है!"
हमने पूछा–
"आपकी पिसी मिर्ची का स्वाद
कुछ बदला-सा लगता है!"
उन्होंने गुर्राते हुए जवाब दिया–
"कवि! तू भी पगला-सा लगता है!
यहां परिवर्तन का
ऐसा ही दौर चलता है
मिट्टी-तेल से आग बुझती है
और पानी से घर जलता है!"
हमने पूछा–
"आपके राशन में कंकड़-पत्थर क्यों?
जनता के पेट पर घूंसे-थप्पड़ क्यों?"
उन्होंने जवाब दिया–
"कंकड़-पत्थर में जब

■ ■

साक्षात परमपिता परमेश्वर
विराजमान रह सकते हैं
तो राशन में कंकड़-पत्थर क्यूं नहीं!''
हमने हाथ जोड़कर उनसे
अंतिम सवाल किया–
''सुना है, आप कांटा मारने में
बड़े उस्ताद हैं।''
उन्होंने गर्व से कहा–
''हम सच्चे अहिंसावादी हैं,
हमारे बॉस पूज्य महात्मा गांधी हैं।
हम जीव-जन्तुओं को मारना
महापाप समझते हैं,
इसीलिए केवल
कांटा ही मार लिया करते हैं।''

■ ■

चक्रधर शुक्ल

32/112, मनीराम बगिया, कानपुर (उ.प्र.)-208001

बापू तेरे देश में

बापू तेरे देश की
जनता हाल-बेहाल है
नेताओं की पूछ मत
इनमें कौन दलाल है?
अफसर से चपरासी तक
हंसी, खुशी, उदासी तक
टीचर से फटीचर तक
सोमवार, शनीचर तक
सब पर भूत सवार है
लॉटरी की बहार है
वर्तमान फटेहाल है!
फेयरग्रोथ कमाल है!!
बापू तेरे देश की
जनता हाल-बेहाल है!!!
शेयर-कांड उछाला है
घोटाले पे घोटाला है
चौटाला अब शांत है
पर माधवन अशांत है
बड़ों-बड़ों की छुट्टी है
मनमोहन की चुप्पी है

उठता रोज सवाल है!
पर 'वो' मालामाल है!!
बापू तेरे देश की
जनता हाल-बेहाल है!!!
साक्षरता जारी है
पत्राचार भारी है
एक पदक न पाया है
फिर भी नाज उठाया है
किए जुर्म संगीन हैं
पद पर वो आसीन हैं
काम बड़े सरकारी हैं
दिल के दौरे जारी हैं
पाचन-शक्ति महान है
मंत्री ही भगवान है
दंगा और बवाल है!
कंगला औ' कंगाल है!!
बापू तेरे देश की
जनता हाल-बेहाल है!!!
बढ़ता प्रतिदिन शोर है
बलात्कार का जोर है
जहरीली हो गई हवा
खाकर मरते लोग दवा
संत हो गए व्यभिचारी
रक्षक हैं अत्याचारी
चीर-हरण अब आम है
गली-गली बदनाम है
खादी-कुर्ता ढाल है!
कुर्सी पर भूचाल है!!
बापू तेरे देश की
जनता हाल-बेहाल है!!!
रोज गरीबी पूछ रही
सबसे वही सवाल है!
आश्वासन का जाल है!!
बापू तेरे देश की
जनता हाल-बेहाल है!!!

चकाचौंध ज्ञानपुरी

सी-13/111, काली महल, नया पान दरीबा, वाराणसी-221010 (उ.प्र.)

विरह गीत

विरह गीत को
एक कवि ने पढ़ा–
'कि नायिका की छाती की आग
दहक जाती है।'
तभी एक लोकल कवि बोला–
'कविजी, आप चाहें तो
दो-चार थप्पड़ मार लें,
मेरा तो मन करता है-
कि छाती से छुआकर
मोमबत्ती बार लें!'

सूखा

एक गीतकार ने
नायिका के बारे में लिखा
कि उसके दोनों नयन
सावन और भादों हो गए
बिहार के मुख्यमंत्री को
जब पता चला तो खुश हो गए
पी.ए. से बोले यहां क्यों खड़ा है,
जा, ले आ उसे
इस प्रदेश में सूखा पड़ा है।

मिलावट

मेरे नगर में
पहली बार लगा कर्फ्यू
वो भी पूरा नहीं
कहीं छुटपुट
विरोधियों ने शोर मचाया
कि सरकार
कोई भी काम ठीक से नहीं कर पा रही है
कर्फ्यू में भी मिलावट ला रही है

महँगाई

महंगाई से
त्रस्त आकर
मैंने पत्नी से कहा–
'हे प्राणेश्वरी,
तुम लिपिस्टिक लगाना बंद करो
क्योंकि एक वर्ष में
तुम दो सौ ग्राम लिपिस्टिक
खा जाती हो!'
वो बोली–
'हे प्राणनाथ,
दोष मुझ पर क्यों अकेले लगाते हो,
आधी तो तुम्हीं चाट जाते हो!'

जैमिनी हरियाणवी

ए-57, सरस्वती विहार, दिल्ली-110034

हैलो-हैलो-7274700

खाट अपनी खड़ी हो गई

ब्याह से गड़बड़ हो गई
खाट अपनी खड़ी हो गई।
डोर कंगने की ऐसी बंधी,
हाय रे हथकड़ी हो गई।
हम कहें, 'हम तो सूली चढ़े',
वे कहें-'घुड़चढ़ी हो गई।'
ऐसी वर-माला पहनी कि अब
आंसुओं की लड़ी हो गई।
दिन में तारे दिखाई दिए,
आंख कितनी बड़ी हो गई।
शक्ल पे बारह बजने लगे,
शक्ल मेरी घड़ी हो गई।
नींद आती नहीं रात-भर
जब से बिटिया बड़ी हो गई।

राशनी गज़ल

आज हम उनका पीछा करेंगे,
शक्ल भोंडी है फिर भी मरेंगे!
उनका नाखून भी उस्तरा है,
छेड़खानी से आशिक डरेंगे!
उनके तेवर चढ़ेंगे कहां तक?
आज भावों से तुलना करेंगे!
शुक्रिया मेरी सरकार तेरा,
क्यू में दीदार उनका करेंगे!
आज ऑयल हुआ है उड़न-छू,
क्या पसीने से बोतल भरेंगे?
ग्यारह घंटे खड़े हो गए हैं,
मौत का दोष किसपे धरेंगे?
हाय महंगाई भी है मुसीबत,
शादी से हम हमेशा डरेंगे!

राशनी ये गज़ल हमने लिख दी
ब्लैक में इसका सौदा करेंगे।

वे और तुम

मुहब्बत की रियासत में सियासत जब उभर जाए
प्रिये तुम ही बताओ जिन्दगी कैसे सुधर जाए?
चुनावों में चढ़े हैं वे, निगाहों में चढ़ी हो तुम
चढ़ाया है जिसे तुमने, कहीं रो-रो न मर जाए?
उधर वे जीतकर लौटे, इधर तुमने विजय पाई
हमेशा हारने वाला, जरा बोलो, किधर जाए?
वहां वे वोट के इच्छुक, यहां तुम नोट की कामी
कहीं यह देनदारी ही हमें बदनाम कर जाए?
पुजारी सीट के वे हैं, पुजारिन सेज की तुम हो
तुम्हारे को समझने में कहीं जीवन गुजर जाए?
उधर चमचे खड़े उनके, इधर तुम पर फिदा हैं हम
हमें अब देखना है भाग्य किसका कब संवर जाए?
वहां वे दल बदलते हैं, यहां तुम दिल बदलती हो
पड़ी है वान दोनों को कि वचनों से मुकर जाए!
उन्हें माइक से मतलब है, तुम्हें भी माइका प्यारा
तुम्हारा क्या बिगड़ता है उठे कोई या गिर जाए?
तुम्हारा शब्द तो मेरे लिए रोटी का लुकमा है
जरा तकरीर दे डालो कि मेरा पेट भर जाए।

छात्र-वन्दना

हे मेरे छात्र, मेरे देवता
आज अपनी दैनिक डायरी भरने को
तुझे क्या और कैसे पढ़ाऊं?
और तेरा यह मूड ठीक करने को
तुझे किस तरह रिझाऊं?
कल जब
मैं किसी फिल्मी-हीरो की तरह मुस्कराया था
तुझे बहुत भाया था
और मैंने तेरे कहने पर
एक फिल्मी-गीत गाया था
तूने खूब सराहा था
लेकिन आज,

आज मैं बहुत दुखी हूं मेरे देवता
कैसे मुस्कराऊं?
तुझे सुनाने को, मनाने को, रिझाने को
रोज-रोज नए गीत कहां से लाऊं?
हे मेरे छात्र,
तू ही मेरा गुरु है, मैं तो तेरा चेला हूं
तू चाहता है शार्ट-कट
कैसे ले जाऊं? मैं तो एक ठेला हूं
तू जो 'अर्थ' की बात करता है
कहां से दूं
मैं तो सिर्फ किताबों के नोटों का थैला हूं
ठहर, मत कस आवाज
मत हो नाराज
अरे नादान!
भूल मत एहसान
उस दिन जब तू सिनेमाघर में था
फिर भी मेरे रजिस्टर में था
ठहर, अपने को संभाल मेरे देवता
आंखें तो मत निकाल मेरे देवता
मैं तो तुझे प्रश्न-पत्र बता दूंगा
आवश्यकता अगर पड़ी
तो अंक भी बढ़ा दूंगा
कालिज में
आ तो गया हूं
अब जाने का गम है
घर कैसे पहुंचूं?
ये प्राब्लम है
क्या होगा इसका हल?
जिस बस में मुझे जाना था
उसको तो तूने जला दिया था कल।
तो मेरे गुरु
मुझे पैदल ही चला जाने दे
इतना कर दे एहसान
इंतजार करती होगी
मेरी बीवी-जान।

डण्डा लखनवी

1/388, विकास नगर, कुर्सी रोड, लखनऊ-226020

क्या फागुन की ऋतु आई है?

क्या फागुन की ऋतु आई है।
डाली-डाली बौराई है॥
हर ओर सृष्टि मादकता की-
कर रही 'फिरी' सप्लाई है॥
धरती पर नूतन वर्दी है।
खामोश हो गई सर्दी है॥
कर दिया समर्पण भौरों ने-
कलियों में गुण्डागर्दी है॥
मनहूसी मटियामेट लगे।
खच्चर भी अपटूडेट लगे॥
फागुन में काला कौआ भी-
सीनियर एडवोकेट लगे॥
फागुन पर कुल जग टिका लगे।
सेविका परम-प्रेमिका लगे॥
बागों में बनी-ठनी कोयल-
टी.वी. की उद्घोषिका लगे॥
जय हो कविता-कालिन्दी की।
जय रंग-बिरंगी बिन्दी की॥
मेकॅप में वाह, तितलियां भी-

लगतीं कवयित्री हिन्दी की॥
वह साड़ी में थी हरी-हरी॥
रसभरी रसों से भरी-भरी॥
नैनों से डाका डाल गई-
बन्दूक दाग गई धरी-धरी॥
हर ओर मची हा-हा-हू-हू।
रंगों का भीषण मैच शुरु॥
साली की बॉलिंग पर सीधे-
जीजा जी हैं एल. बी. डब्लू॥
भाभी के रन पक्के-पक्के।
हर ओवर में छः-छः छक्के॥
पर कोई बॉल न कैच हुआ-
सब देवर जी हक्के-बक्के॥
गर्दिश में वही बिचारे हैं।
बेशक जो बिना सहारे हैं॥
मुख उनका ऐसा धुवां-धुवां-
ज्यों अभी एलेक्सन हारे हैं॥
यह फागुन की अंगड़ाई है।
मक्खी भी बटरफ्लाई है॥
कह रहे गधे भी सुनो-सुनो-
"इंसान हमारा भाई है"

डंठल

ए-395/1, राजेन्द्रनगर, बरेली-243122

मांग

कल दिल्ली की उपनगरी में
एक हादसा पेश आ गया
जिसे देखकर
मेरे दिल-दिमाग का इंजन
उसी तरह से फेल हो गया
जैसे-लोकल कवि आने पर
माइक फेल हुआ करता है।
मैंने देखा-
एक जलूस बड़ा लम्बा-सा
जिसमें केवल महिलाएं थीं
महिलाओं में भी सब 'मिस' थीं
क्योंकि उनकी
मांगों में सिंदूर नहीं था
सधवा होने का वह
साइनबोर्ड नहीं था
हाथों में पोस्टर लिए थीं
जिनमें बड़े-बड़े अक्षर में
लिखा हुआ था-
"मांग हमारी पूरी कर दो"

तभी अचानक
पुलिस जीप पर
कुछ अधिकारी वहां पधारे
बोले–"मजमा नाजायज है
दफा चवालिस लगी हुई है।"
और भीड़ को
तितर-बितर करने की खातिर
'टियर गैस' की 'शैलिंग' कर दी
मैंने सोचा–
ये अधिकारी महामूर्ख हैं
बे-अकले हैं
जलती हुई आग में तिनका डाल रहे हैं
अश्रु सदा से
नारी का ब्रह्मास्त्र रहा है
और उसी पर
अश्रु-गैस तुम छोड़ रहे हो!
जरा अक्ल का
'स्विच आन' कर
सोचो-है 'डिमाण्ड' कितनी-सी
नहीं लगेगी कानी कौड़ी
थोड़ा-सा सिन्दूर मंगा लो
सबकी मांगों में भरवा दो
सबकी मांगें भर जाएंगी
मांगें पूरी हो जाएंगी।

नवनीत 'हुल्लड़'

2, पंचशील कालोनी, सिविल लाइन्स, मुरादाबाद-244001

आप कवि कहलाएंगे

एक दिन मेरे पिताजी मुझ से बोले-
"बेटे, अब तो तू बड़ा हो गया है
घर के आंगन में
खम्बे की तरह खड़ा हो गया है
कब अपने जीवन को
प्रगति की ओर मोड़ेगा?
या यूं ही घर बैठकर
मुफ्त की रोटियां तोड़ेगा?
मैं तो तेरी हालत
देख-देख कर परेशान हूं,
कि तू आगे जाकर क्या बनेगा,
बनेगा भी या हमें ही बनाएगा
यही सोच-सोचकर हैरान हूं।"
मैंने कहा-
"पापा, आप फिकर मत कीजिए
मेरा भविष्य है उज्जवल,
और कुछ भी नहीं बन पाया अगर
कवि तो बन ही जाऊंगा
आज नहीं तो कल!"
पापा बोले-
"हम तुझे समझाते हैं

क्या तुझे अपने में
पागलपन के लक्षण नजर आते हैं?''
मैं बोला–
''मेरी अकल के पत्थर पर
फूल खिल रहे हैं
और मुझे कवि बनने के सिगनल मिल रहे हैं।
आज पूरे महीने में पहली बार नहाया हूं,
और किसी की तेरहवीं पर
जन्मदिन की बधाई देकर आया हूं।
चौर्य-विद्या में भी हो गया हूं निपुण!''
वह बोले–
''यह है तेरा सबसे बड़ा गुण
यही गुण तो तेरा भविष्य चमकाएगा,
और एक दिन
तुझे महाकवि बनाएगा!
एक बात याद रहे
किसी जीवित कवि की पंक्तियां
चुराने का रिस्क मत उठाना
जब भी चुराना किसी स्वर्गीय कवि
की रचना चुराना।
जीवित कवि तो तुझे काट खाएंगे
अब का महाकवि निराला तुझसे पूछने आएंगे?
अगर तू अपनी कविता को
बनाना चाहता है स्वादिष्ट
तो उसमें अश्लीलता को अवश्य करना प्रविष्ट
तेरी रचना सुनते ही
जनता गोभी के फूल की तरह खिल जाएगी,
और पूरी इमारत तालियों से हिल जाएगी।
जिस दिन तुम में
भारत में भ्रष्टाचार की तरह
यह सारे गुण आ जाएंगे
उसी दिन से महोदय आप कवि कहलाएंगे!''

डॉ. परमेश्वर गोयल

सम्पादक : भागीरथी, गुलाबबाग, पूर्णिया, बिहार-854326

रिश्ता पक्का कीजिए

''ऐ जी! सुनती हो
यमुनाराम जी आए हैं
मुन्ना के लिए
रिश्ता लाए हैं,
नाक-नक्श ठीक
रंग की गोरी है
लखपति बाप की
इकलौती छोरी है
माल-मत्ता पूरा
टी.वी., फ्रिज लाएगी
मारुति कार
दहेज में आएगी
पर एक छोटी-सी
कमी खलती है
लड़की जरा-सी
लंगड़ाकर चलती है।''

वह बोली–
''बात पक्की
आंख मूंद कीजिए
शगुन पेशगी
आज ही लीजिए
मुन्ना को मनाना
मेरा काम है
आम के आम
गुठली का दाम है
लंगड़ी-वंगड़ी बात में
क्या आनी-जानी है
हमें भला बहू से
क्या दौड़ लगवानी है!''

खोटा बेटा

''हुजूर!
आपके क्षेत्र का
भयानक भीमा
यहां रहने
बराबर आता है
और बागी साथियों को
साथ में लाता है।''
वे बोले–''आने दो,
अपना क्या जाता है
चुनाव में
खोटा पैसा
और खोटा बेटा ही
ज्यादा काम आता है।''

प्रकाश 'प्रलय'

दूरभाष केन्द्र पो.बा.-27, कटनी (म. प्र.) 483501

ज्वलनशील

दूल्हा
अपनी नई-नवेली दुल्हन के साथ
ज्योंही पहली बार सरकारी बस में चढ़ा
रिवर्स गेयर की तरह फौरन नीचे उतर पड़ा
माथे से पसीना छोड़ रहा था
पागलों की तरह सिर फोड़ रहा था
हमने कहा-'भैये, डर गए!
क्या समय से पहले ही मर गए?
अरे दुल्हन से अभी से इतना न डरें!
दूल्हा बोला-"ऐसी बात नहीं है,
सरकारी बस में लिखा है कि
ज्वलनशील पदार्थ लेकर यात्रा न करें!"

दो परिभाषाएं

गज़ल

शादी के बाद
पहली बार पति-पत्नी आपस में मिले
चारों तरफ से खुशियों के फूल खिले
पत्नी लाज से शर्माए
पति हौले-हौले मुस्कराए

तो रस, छंद, अलंकार से ओतप्रोत
जब सारी रात भीग जाती है
तब यही भीगी रात
साहित्य में ग़ज़ल कहलाती है

शेर

पति-पत्नी
पूर्णरूपेण होकर
एक-दूसरे में खोकर
जब प्रेम के अथाह सागर में
गोता लगाएं
चंद महीनों बाद
दो से तीन हो जाएं
तब यह तीसरा टुकड़ा
क़हां जाएगा
साहित्य में यही टुकड़ा
ग़ज़ल का शेर कहलाएगा।

अपहरण

एक डाकू ने
लखपति की पत्नी का
अपहरण किया
बदले में एक लाख की
फिरौती हेतु

धमकी भरा पत्र दिया
लखपति ने परवाह किए बगैर
डाकू को खत लिखा
श्रीमान आपका चरित्र
हमें बहुत अच्छा दिखा
अब मैं शीघ्र ही
दूसरी शादी कर रहा हूं
अतः कुछ दिनों बाद
आप पुनः आइएगा
यदि वो अच्छी लगे
तो प्लीज उसे भी ले जाइएगा!

प्रभात 'प्रणय'

भटनागर सदन, श्योपुर कलां (मुरैना)-476337 (म.प्र.)

वाह रे मेरे हिन्दुस्तान

चार यार थे, रिश्ता गहरा,
अंधा, लंगड़ा, कंगला, बहरा।
रोज घूमने जाते थे वो,
मिलकर मौज मनाते थे वो।
चाहे कोई उन्हें न माने,
एक से बढ़कर एक सयाने!

जंगल से इक दिन गुजरे
बहरे ने टोका, ठहरे!
बहरा बोला-रुको, रुको,
कान लगाकर जरा सुनो!
घोड़े आते हैं इस ओर,
उनकी टापों का है शोर।
शायद डाकू आएंगे,
हम सब मारे जाएंगे।

अब अंधे ने मुंह खोला,
थर-थर कांपा, फिर बोला-
डाकू मुझको दिखते हैं,
बहुत पास ही लगते हैं।

लंगड़ा बोला– भाग चलो,
जल्दी से, मत देर से!
तुम सब मानो मेरी बात,
सिर पर रखकर भागो लात।

अब कंगले की बारी थी,
उसकी मुश्किल न्यारी थी।
वो बोला-तुम यार नहीं,
तुम को मुझसे प्यार नहीं।
तुम सब तो भाग जाओगे,
पर मुझको लुटवाओगे!

बहरे को आती आवाज,
लंगड़े की देखो परवाज।
अंधे को सब आए नजर,
कंगले को लुटने का डर।
जिसको देखो वही महान,
वाह रे मेरे हिन्दुस्तान!

■ ■

प्रेमकिशोर 'पटाखा'

872, लक्ष्मीपुरी, अलीगढ़-202001 हैलो-हैलो-28222

दंगल

पहलवानों का दंगल चल रहा था
एक सज्जन दर्शकों में बैठे थे
वहीं से चिल्ला रहे थे
पहलवानों में जोश ला रहे थे-
''शाबाश, दिखा दे हाथ,
तोड़ दे बत्तीसी, जमा दे घूंसा''
तभी पास बैठे सज्जन ने पूछा-
''भाई साहब, आप क्या कोई पहलवान हैं
या किसी पहलवान के गुरु?''
सुनकर वे सज्जन बोले-
''अरे कहां का पहलवान,
मैं तो दांतों का डॉक्टर हूं।''

बच्चे रो पड़

हम दो, हमारे दो
विभाग के कर्मचारी से हमने पूछा-
''आप गलत प्रचार करते हैं
छोटा परिवार-सुख का आधार,
जबकि आपके खुद के
दर्जनभर बच्चे हैं?
सुनकर कर्मचारी बोला-
''यह सब जनकल्याण के
विकास कार्यों की ही माया है
बन्दा तो तबादला होकर आया है
पहले वन-विभाग में था
पेड़ लगाता था,
ज्यादा से ज्यादा पेड़ लगाने का
नारा दोहराता था।

कोल्हू का बैल

पहले गन्ने के खेत का मुआयना किया
फिर नएं कोल्हू का उद्घाटन किया

उद्घाटनकर्ता ने भाषण दिया–
''हमें इस कोल्हू से सबक लेना चाहिए
जो गन्नों को चुन-चुनकर लेता है
और हमें रस निकालकर देता है।''
तभी एक श्रोता ने आवाज कसी–
''हां, पहले हम जिसे चुनते हैं
वो ही हमारा रस निकाल लेता है।''
उद्घाटनकर्ता ने सफाई दी
''ऐसा वे लोग कह रहे हैं
जो हमारी प्रगति देखकर
जल रहे हैं।''
श्रोता फिर चिल्लाया–
''तभी तो हम आंखों पर पट्टी बांधे
कोल्हू के बैल की तरह
तुम्हारे पीछे चल रहे हैं!''

मजमा गधों का

हां तो मेहरबानो, कदरदानो, पहलवानो
श्रीमानो, जवानो मानो न मानो
महफिल जमानी हो
गधे ले जाइए
महफिल भगानी हो
गधे आजमाइए

आपकी हर हसीन महफिल की
शोभा बढ़ाएंगे
प्लेबैक सिंगर गाएगा
गधे इठलाएंगे
ताबड़तोड़ दुलत्ती का
डिस्को दिखाएंगे
गले का आर्केस्ट्रा
मुफ्त में बजाएंगे
आजकल ये गधे
फिल्मों में अपना जोर आजमा रहे हैं
सुना है अगले हफ्ते
बम्बई जा रहे हैं
फाइव स्टार में जाकर

ठहरेगी गधों की पार्टी
गधों के हंगामों से हिल उठेगी
बम्बई की चौपाटी
हाय, एक गले में इतनी वैरायटी

○ ○ ○

वह दिन दूर नहीं
जब इन गधों की गायकी पर
आधुनिक संगीत का छैला फिदा हो जाएगा
यूं भी फिल्मी संगीत में

बचा ही क्या है
और जितना बचा है
देखते ही देखते विदा हो जाएगा
उधर देखिए अव्वल दर्जे के गधे
अलग-अलग खूंटों से बंधे
अपने लम्बे कानों पर
टोपियां लगाए नजर आ रहे हैं
लगता है अपना मजमा लगा रहे हैं
चुनावी दिनों में
इनके गुल खिलते हैं
रंग-बिरंगे नारे
और पोस्टरों पर
रेंकते हुए मिलते हैं
हमारा नया ब्राण्ड
बेहद डिमाण्ड
'माइक पर चीखता हुआ गधा'
और क्या बताएं
गधों की क्वालिटी देखकर
बुक कराएं, घर ले जाएं
गधों की वैराइटियां
फ्री स्टाइल कुश्तियां
ताबड़तोड़ दुलत्तियां
तोड़ डालें कुर्सियां
(तालियां)

सूटकेस में पटाखा

जैसे ही हम
अपना सूटकेस संभाल
बाहर निकले,
कुछ पुलिसवाले
हमारा सूटकेस देखकर उछले
सूटकेस पर लिखा था 'पटाखा'
कई पुलिसवालों ने हमारी ओर ताका
कड़ककर कहा-"क्यों,
सूटकेस में पटाखा ले जा रहे हो,

कहां से आ रहे हो?''
हमने कहा–''दीवानजी,
श्रीमानजी, आप नाहक गरज रहे हैं
हम वो पटाखा नहीं हैं
जो आप समझ रहे हैं!''
वे बोले–
''पटाखा कैसा भी हो
सभी पर प्रतिबंध है
जानते हो इलाके के सारे
पटाखे बन्द हैं
आपके पास इसका लाइसेंस है?''
हमने कहा–यहां तो सेंस–सस्पैंस है
पटाखा
पटा और खा
इतना सुनते ही
वे मुस्कराए
धीरे से हमारे पास आए
बोले–''इस सेंस में तो
हम भी पटाखा कहलाते हैं
पहले पटाते हैं
फिर खाते हैं!''

■ ■

मनोहर 'मनोज'

पोस्ट बाक्स नं. 2, कटनी (म.प्र.)

अर्थशास्त्र

शादी होने के बाद
पहले वर्ष
पति
दफ्तर से सीधे घर आता है।
दूसरे वर्ष
एक-दो घण्टे लेट हो जाता है।
तीसरे वर्ष पति,
पत्नी को सहता है
रात-रात भर
घर से गायब रहता है।
चौथे वर्ष
जब पत्नी को देख
पति की आंखों में आ जाएं आंसू
खुशी की जगह नाचें गम
इसे अर्थशास्त्र में कहेंगे-
'उपयोगिता ह्रास नियम'
जब आपकी पत्नी
मायके से आए
साथ में अपनी
छोटी बहन को लाए
साली जब भी जीजाजी के यहां आएगी
अर्थशास्त्र में
'बोनस' कहलाएगी
वैसे अर्थशास्त्रियों में
मतभेद रहते हैं
तभी तो मार्शल
साली को बोनस
और एडम स्मिथ
अंतरिम राहत' कहते हैं
उपयोगिता
दुर्लभता और हस्तांतरण

के कारण पत्नी
धन कहलाती है
लेकिन जिस दिन
वह नौकरी पर जाएगी
अर्थशास्त्र में पूंजी कहलाएगी।
जब आपकी पूंजी को
आफिस का बॉस
अपने घर चाय पर बुलाए
पति साथ में जाए
दो रुपये का नाश्ता करके आए
तब यह दो रुपया कहां जाएगा,
यह अर्थशास्त्र में
पूंजी पर ब्याज कहलाएगा।
जब पति के सूने में
पत्नी मायके चली जाए
पति तुलसीदास के समान
पीछे-पीछे पहुंचकर
पत्नी के कमरे का
दरवाजा खटखटाए
तो यह घटना
अर्थशास्त्र से नहीं बच पाएगी,
'श्रम की गतिशीलता' कहलाएगी।

■ ■

डॉ. महरुद्दीन खां

बटपुरा-दादरी, गाजियाबाद-203207 (उ. प्र.)

कबीर चौरा

राजनीति के खेत में लंबी-लंबी घास
चुगने वाले चुग रहे, कबिरा खड़ा उदास
कबिरा खड़ा उदास संत बनकर पछताया
मोटा वह हो गया खेत में जो भी आया
कोई न सुनने वाला कबिरा रो ले-गा ले
कविता, लेखन छोड़ राजनीति अपना लें

❍ ❍ ❍

ट्रांजिस्टर बम क्या फटे लोग हुए हैरान
बम लगता है कहीं भी पड़ा हुआ सामान
पड़ा हुआ सामान डर रहे मन ही मन में
बम लगते हैं अब भैया आलू बैंगन में
बम सपने में देख संत सोता-जगता है
अपने ही ट्रांजिस्टर से अब डर लगता है

❍ ❍ ❍

संत समझ ना पा रहा कहां करे फरियाद
दिन-दिन बढ़ते जा रहे राजनीति-अपराध
राजनीति-अपराध बन रहे गहरे रिश्ते
घुस आए डाकू भी बनकर नेक फरिश्ते
चोर लुटेरे लम्पट सीमाओं के तस्कर
कहलाते हैं 'भले' राजनीति में आकर

❍ ❍ ❍

कबिरा तेरे देश की कैसी बिगड़ी चाल
जनता निर्धन हो रही नेता मालामाल
नेता मालामाल बड़ा हो, या हो छोटा
खा जनता का माल हो रहा दिन-दिन मोटा
जन सेवा का नाम कर रहे अपनी सेवा
हमें न रोटी मिलती खाते हैं ये मेवा

❍ ❍ ❍

भ्रष्टाचार ने बुन लिया ऐसा अपना जाल
इसमें फंस हो रहे लोग बहुत बेहाल
लोग बहुत बेहाल दे रहे नेता भाषण
मगर न रखते अपने ही ऊपर अनुशासन
यह सब हालत देख कबिरा जी भर रोया
काटे कट नहीं रहा पेड़ यह कैसा बोया

○ ○ ○

नेता से हमने कहा बनकर कुछ अनजान
श्रीमन हमें कराइए राजनीति का ज्ञान
राजनीति का ज्ञान, सुनो, बोले नेताजी
सबसे पहले आप गधे को कहें पिताजी
जब मौका मिल जाए उसी पर करें सवारी
राजनीति की सुनो संत यह नीति सारी

■ ■

माणिक मृगेश

मृगेशायन, 22 बी, मनोरथ सोसाइटी, न्यू समा रोड, बड़ोदरा (गुजरात)

अनुवादक बनाम तबलावादक

हमारे एक हास्य कवि मित्र की पत्नी
यूं तो मामूली लिखी-पढ़ी थीं
मगर दिखावे में औरों से
कुछ ज्यादा ही बढ़ी-चढ़ी थीं
बात-बात पर अंग्रेजी की
टांग तोड़ा करती थीं
कहीं का किस्सा कहीं जोड़ा करती थीं
कुछ दिन बाद घर हुआ रोशन
हमारे मित्र का ट्रांसलेटर के पद पर
हो गया प्रमोशन।
मित्र ने यह खुशखबरी पत्नी को सुनाई
उन्होंने भारी खुशी मनाई।
दूजे दिन मित्र के घर
एक खास संबंधी आया
मित्र की पत्नी ने बड़े हर्षोल्लास से
उन्हें यह समाचार सुनाया-
''हमारे इनका भाग्योदय हो गया है
और रेगूलेटर के पद पर मोशन हो गया है।''

संबंधी भी कुछ कम पढ़े-लिखे थे
वार्तालाप के मामले में कुछ नव-सिखे थे।
बोले, ''ये तो बड़ी खुशी की है बात,
भगवान करे, भाई साहब का मोशन
ऐसे ही होता रहे दिन-रात।''
और करके चले गए जलपान
खुदानखास इतने में ही
हमारे मित्र आ पहुंचे श्रीमान्
पत्नी बेतहाशा से बोलीं-
''अजी सुनो, तुम्हारे वो आए थे
मैंने तुम्हारे मोशन के विषय में
सब कुछ बता दिया है
कि तुम्हें रेगूलेटर बना दिया गया है।''
मित्र बोले-
''अरी भाग्यवती!
तूने सब कर दिया गुड़गोबर
मैं रेगूलेटर हुआ हूं या एक्सीलेटर!''
मित्र की पत्नी बोली, ''एजी,
अगर ऐसा है तो गलती हो गई
माफ करना ; आइंदा नहीं करुंगी
कृपया इसकी हिन्दी बता दो
आगे से हिंदी में ही बात किया करुंगी!''
मित्र बोले-
''अरी रहन दे भाग्यवती!
तू हिंदी में भी मेरी ऐसी की तैसी करेगी
और अनुवादक की जगह
तबलावादक ही कहेगी।''

कवि और कन्या

वर ढूंढने के बाद कल ज्यों ही
एक पिता ने अपनी कन्या को बताया
कि बेटी मैं तेरे लिए
एक बहुत बढ़िया वर ढूंढ आया
लड़के का नाम 'रवि प्रकाश' साक्षात रवि है,
ख्याति प्राप्त उच्च कोटि का कवि है

इतना सुन कन्या बोली–
''डैड, इट इज टू बैड,
तुमने सब कर दिया गुड़गोबर
वर ढूंढा है सो निखट्टू!''
पिता बोले–''कैसे?''
कन्या बोली–''ऐसे–
जब रेस्तरां में खाना खाने की बात कहूंगी
तो मुक्तक सुनाएगा
काफी पीने की बात कहूंगी
तो गीत पिलाएगा
और तात,
जब कहूंगी फिल्म दिखाने की बात
तो कहेगा–अरे भाग्यवती
गृहस्थी को चला

दाल पका और रोटी सेंक
फिल्म में क्या रखा है 'ओरीजनल' देख
और जब बात कहूंगी
घूमने-घुमाने की
तो कल्पनालोक में घुमाएगा,
रातभर जगाएगा,
जबरदस्ती खण्ड काव्य सुनाएगा
और जब बात कहूंगी
लिपिस्टिक, पाउडर, कास्मेटिक लाने की

तो कहेगा, "तेरे नैना रतनारे हैं
बिन काजल कजरारे हैं
काहे कूं सिंगार बिगारे मेरी प्रिये
तेरे अंग तो बिना सिंगार ही सिंगार हैं
सो, न पापा न
अपनी बिटिया पर रहम करिए
और ऐसा वर मत्थे मत मढ़िए
ओ.के. बाय-बाय
मैं तो अपने कालेज चली
और ऐसे बलमा से तो
जैसी हूं वैसी ही भली!"

ओलंपिक में प्रस्तावित खेल

जिस दिन
हेरा-फेरी, दलाली, भाई-भतीजावाद
ढोंग, अंधविश्वास एवं
पाखंड जैसे करतबों को भी
ओलंपिक खेलों में
सम्मिलित कर लिया जाएगा,
हमारा दावा है कि
उस दिन सारे स्वर्ण पदक
हमारा देश ही जीत के लाएगा।

■ ■

मूलचन्द शर्मा 'नादान'

स्टेशन रोड, भरतपुर (राज.)

अनपढ़ नेता और हॉकी मैच

एक अनपढ़ नेता,
जिसे खेलों के बारे में नहीं था ज्ञान।
एक हॉकी मैच में,
बुलवाया गया स-सम्मान।
मैच के बाद आयोजकों ने नेता को,
पुरस्कार वितरण के लिए मंच पर बुलवाया।
नेता ने पुरस्कार देने से पहले
खिलाड़ी और दर्शकों से फरमाया।
दोनों टीमों ने,
बहुत बढ़िया खेला है ये हॉकी मैच।
एक बात समझ में नहीं आई
पूरे खेल में,
एक भी खिलाड़ी ने क्यों नहीं लिया कैच?
एक कैच भी लेते
एक खिलाड़ी आउट हो जाता।
मैच देखने वालों को भी मजा आता।
एक ही गेंद को,
इधर से उधर धकेलते रहे।
गेंद नहीं थी हमसे कहते हम दिला देते
कम से कम
ग्यारह गेंदों से तो हॉकी मैच खेलते।
एक ही गेंद से सारे खिलाड़ी
पूरे समय हॉकी मैच खेलते रहे।
टी.वी. वाले यदि इस मैच को,
टी.वी. पर विदेशों में दिखाएंगे।
विदेशी हमारी गरीबी का मजाक उड़ाएंगे।
क्या आप इसे सह पाएंगे?
राष्ट्रीय एकता के लिए,
दोनों टीमों को नया रास्ता अपनाना होगा।
मेरा यह सुझाव,
आपको अमल में लाना होगा

आपसी सद्भाव के लिए,
आपका यह प्रयास भी इसका एक कारण होगा।
दोनों टीम दोनों तरफ
एक साथ गोल करें
राष्ट्रीय एकता का
यह सबसे बढ़िया उदाहरण होगा।

// माणिक वर्मा
पावर हाउस के पास, हरदा (म.प्र.)-461631

आदमी

आज सुबह-सुबह मैंने ज्यों ही आइना देखा
मैं चकराया
मुंह से एक चीख निकली और मैं घबराया
अपनी दारुण-दशा आपको क्या बताना
मेरा लाखों साल पुराना
जंगली चेहरा मेरे सामने खड़ा था
विज्ञान का भूत, चेतना के पीपल से उतरने लगा
मैंने कंघा फेंका, और हनुमान चालीसा पढ़ने लगा
कमबख्त ये आईना भी कैसा था?
लाखों साल पहले मैं ऐसा था?
वनमानुष जैसे बड़े-बड़े बाल,
भुजाएं ऐसी, जैसे बरगद की डाल,
कद की इतनी लम्बाई,
जितनी पूरी मानव सभ्यता की ऊंचाई,
रूप-लावण्य ऐसा
कि बड़े-बड़े सौन्दर्य शास्त्री झूल जाएं
रूप-गर्विताएं दर्पण देखना भूल जाएं
चेहरा इतना विकृत
जैसे किसी रद्दी किताब का मुखपृष्ठ

दांत ऐसे, जैसे कई इन्क्रीमेंट रुके हुए
नाखून बहुत लम्बे, मगर अंदर की तरफ झुके हुए
कमर का घेरा अब आपको क्या बताएं
छः हिन्दी के टीचर आसानी से समा जाएं
हम भय की खाइयों में इतना गहरा उतरे
जैसे बुलडोजर देखकर झोंपड़ी का चेहरा उतरे
भय का अहसास जब मन-को कसने लगता है
आदमी दहशत के मारे हंसने लगता है
मैंने भी ठहाका लगाया
मेरा जंगली चेहरा गुर्राया–
''अबे हंसता क्या है?
पानी का बुलबुला है, फूट जाएगा
कांच का सामान है, टूट जाएगा
तेरी हंसी भी कितनी नकली है
मैं बाहर से, तू अंदर से जंगली है
मेरे उलझे-उलझे बाल
किसी सावन को अपने जाल में नहीं फंसाते
हम तेरी तरह विग लगाकर अपनी असलियत नहीं छुपाते
तू आदमी नहीं एक्टर है
तेरे पास कपड़े हैं, मेरे पास कैरेक्टर है
मेरा नंगा बदन तो हर पाप से मुझको बचा गया
तेरा इरादा तो गंगा के पानी को भी लजा गया
तूने जिस डूबती हुई लड़की की जान बचाई
वो जिन्दा तो रही पर अपने घर लौटकर नहीं आई
रूप के सौदागर! तेरे पास रुपयों की थैली हो गई
इसीलिए तेरी गंगा विषैली हो गई।

○ ○ ○

तू मंत्र से यंत्र बना
तो अपनी उपलब्धियों पर इतना फूल गया
रिश्तों की किश्तें भरना ही भूल गया
अब तुझे रिश्तों की शीतल हवा भी गर्म लगती है
बाप को बाप कहने में भी शर्म लगती है
जिसने तुझे रास्ता बताया
तूने उसी को सूली पर लटकाया

किसी को गोली मार दी
किसी को इतना सताया
कि दहशत के मारे दूसरा पैगम्बर ही नहीं आया
अन्यथा तू उससे भी प्रतिशोध लेता
भगवान मिल जाता तो उसका भी गला घोंट देता
तेरा गला तो उसी दिन घोंट देना था
लाखों साल पहले जब तू बच्चा था
इससे तो तेरा जंगलीपन अच्छा था
सादगी तेरा गहना था
तूने पत्तों का लिबास तो पहना था
देखते-देखते अचंभा हो गया
तूने कपड़े की मिल बनाई और खुद नंगा हो गया

कपड़े तो तूने उतार ही दिए हैं
अब सुना है चमड़ी ही उघाड़ेगा
एक आत्मा बची है, क्या उसके क़पड़े भी उतारेगा?

○ ○ ○

शोकेस में टंगे हुए आदमी
तुझको क्या मालूम
दुनिया का हर रास्ता मन की तरफ मुड़ता है
मन का टूटा हुआ किसी से भी नहीं जुड़ता है

○ ○ ○

नदियों ने समर्पण की बांहें फैलाईं
तो पत्थरों तक के अहम टूटे
मगर तेरे जिस्म से खून तो निकला
प्यार के झरने नहीं फूटे
तूने जिस रूप को निहारा
उसी को बिस्तर की शिकन समझकर तोड़ दिया
जिसने पवित्रता का व्रत लिया
उसे पत्थर की अहिल्या बनाकर छोड़ दिया
नारी उसी दिन समस्या बनकर खड़ी हो गई
जिस दिन वासना तपस्या से बड़ी हो गई

○ ○ ○

मैंने तुझे इतना तो नहीं पीटा था
कि तू पत्थर से लोहा बने
और लोहा बनते ही इतना निर्मम हो जाए
कि तू पिघलना चाहे
और तेरे भीतर की आग मद्धम हो जाए
हे अज्ञान के कुल देवता
उन्माद में मत उबल
मुंह से खून और आंखों से बारूद मत उगल
अन्यथा तेरी ही सूरत, तेरी आंखों में गड़ने लगेगी
तुझे फिर किसी भगवान की जरूरत पड़ने लगेगी
भगवान भी तेरा क्या बिगाड़ लेगा
वह भी शेष शैय्या पर मजे से लेटा है
लक्ष्मी जी पास बैठी हैं, वो कोई फुर्सत मैं बैठा है?

○ ○ ○

मैं लाख करता रहा मना
तू जंगली से आदमी बना
मगर प्रकृति से दामन कहां बच पाया
तूने आदमी बनने की कोशिश की
तो तेरे भीतर जंगल उग आया
तूने गुलाबों पर लहू छिड़का तो नागफनी मुस्कराई
तूने अपने खून की जांच क्यों नहीं करवाई?
बुद्धि हैरान है, कोई अजूबा जैसे हो गया है
यार, मां का दूध तो इतना जहरीला नहीं होता

फिर तू इतना जहरीला कैसे हो गया है?
मैंने तुझे ममता की गोद दी
तूने आदमी के लिए खाईयां खोद दी
छोटी-सी थाली में इतना बड़ा छेद
मानव और मानव में रंगों का भेद
गोरे की पूजा और काले को फांसी
सत्यानाशी! गोरी चमड़ी पर इतना ही गुमान था
तो फिर कालों का नमक क्यों खाया
हवस पूरी करते वक्त चमड़ी का खयाल नहीं आया?

○ ○ ○

मैं तो मूर्ख था
पर तू क्यों पागलपन की हद से निकलना चाहता है
केवल दो रोटी खाता है
और पूरी दुनिया को निगलना चाहता है
अबे पेटू! पहले युद्ध, फिर शांति
फिर अकाल बनकर आबादियों पर छाता है
और एक कौर में एक महाद्वीप निगल जाता है

○ ○ ○

भाड़ में जाए तेरा विज्ञान, तेरी कला, तेरी संस्कृति
कि तुझसे ही नहीं मिलती तेरी आकृति
सुबह से शाम तक खण्डहरों की तरह ढहता है
अपने बच्चों का चेहरा भी तुझे याद नहीं रहता है

○ ○ ○

तेरे भी नसीब हैं प्यारे!
तूने चांदी के मकान बनाए तो फुटपाथ पे सोना पड़ा
खेतों ने सोना उगला तो तुझे मिट्टी होना पड़ा
तूने दीवारें उठाईं, तो इन्सान बटे
पत्थर को तराशा, तो हाथ कटे
छैनी उठाई तो किस्मत में छेद हो गया
तस्वीर में लहू का रंग भरा तो, आदमी सफेद हो गया
समझ में नहीं आता
अब तू अपने हाथ क्यों नहीं कटवाता
तूने गरीबी के ऐसे शानदार ताजमहल बनाए हैं

जिन पर किसी मुमताज का मासूम चेहरा नहीं
तेरे कटे हुए हाथ उभर आए हैं

○ ○ ○

शांति के मसीहा!
तूने शांति के लिए इतने बड़े-बड़े बम बनाए
कि अगले दिन का सूरज तू भी नहीं देख पाए
लहू के लोभी!
तुझे बनाना ही था तो संगीनों को मोड़कर हल बनाता
तेरा लिबास लाल से हरा तो हो जाता

○ ○ ○

छद्मवेशी! शाम को शांति के कबूतर उड़ाता है
सुबह दाने की तलाश में भटकी हुई
चिड़िया पर भी तरस नहीं खाता है
कौन देगा तेरी लाश को कांधे
तूने तितलियों के परों से बम बांधे
नादान, तूने खेल-खेल में जिन्दगी को कैसे मोड़ दिया
पहले गिलहरी के पांव में घुंघरू बांधे
और फिर टायर के नीचे उसे तड़पता छोड़ दिया
जिन्दगी बिना दहेज की बहू नहीं है
जिससे तूने ऐसा प्रतिशोध लिया
जैसे किसी घायल खरगोश ने पानी मांगा
और किसी पागल शिकारी ने उसका गला काट दिया
मेरे पास तेरे कर्मों का लेखा है
तूने हमेशा पत्थर की आंख से हिरनी को देखा है

○ ○ ○

खूब न्यूट्रान बमों के ढेर लगा ले
रोज अपनी मौत के सामान बना ले
मगर प्यारे, कौन जाने कब
तेरा दायां हाथ ही, तेरे बाएं हाथ को दगा देगा
और विध्वंसों के बटन चुपके से दबा देगा
तेरा साया भी तेरी जगह से नहीं हिलेगा
तुझे पश्चाताप करने का मौका भी नहीं मिलेगा
फिर आइने में अपनी छवि देख-देखकर कैसे इतराएगा

जब देखने वाला ही नहीं रहेगा
तो आइने किसके लिए बनाएगा?

○ ○ ○

तूने सुना? अमराइयों में कोयल अब भी गाती है
मगर तेरी राडार वाली आंखों को बाज नजर आती है
जिस दिन आसमान से आग का लावा बरसेगा
तू इन्हीं पंछियों की बोलियां सुनने को तरसेगा

○ ○ ○

खतरे का घण्टा तो तूने बजा ही दिया है
अब कितने बजे का अलार्म भर दूं
इधर आ मेरे बच्चे
तुझ पर एक बार फिर अपनी ममता का साया कर दूं
कौन जाने कब महाविनाश की काली चादर तुझ पर तन जाए
और तेरी उपलब्धि ही तेरे विनाश का कारण बन जाए
जिद्दी बेटे! यदि अब भी तेरी मनुष्यता पर आस्था हो
मेरा-तेरा कुछ भी वास्ता हो
तो मेरी ये अपील मत ठुकराना-
भविष्य में जब भी कोई बम बनाना
किसी मासूम बच्चे का धड़कता हुआ दिल उसमें जरूर रख
आना
ताकि मुस्कानों का भविष्य विनाश में जीता रहे
अब मनुष्य के हाथ में बम नहीं
शांति की गीता रहे!

राजेन्द्र मालवीय

बालाजी मंदिर रोड, इटारसी-461111 (म.प्र.)

थानेदार की आस्था

थानेदार यार को
मंदिर में गणेशजी के सामने
हाथ जोड़े देख
हमने कहा-"महाराज!
आखिर क्या बात है आज,
जो आप खुद आधुनिक भगवान होकर भी
गणेशजी को हाथ जोड़ रहे हैं,
अपने आपको धार्मिकता की ओर मोड़ रहे हैं?
वे बोले-"श्रीमान्,
आखिर हमारे अंदर भी है ईमान
कुछ पुण्य कमाने आए हैं
हफ्ता मिला है, प्रसाद चढ़ाने आए हैं।"
हमने कहा-
"हफ्ता तो तुम्हारे साब को भी मिला होगा
उनके बारे में क्या खयाल है?"
वे बोले-"चुप रहो!
साहब की प्रिस्टेज का सवाल है
साहब कल किसी बड़े मंदिर में जाएंगे

अपने हिस्से का प्रसाद
गणेश जी के पिताश्री
शंकर जी पर चढ़ाएंगे!''

महंगाई

वे बोले, ''कुदरत का भी कमाल है
बच्चे रोते हैं, कलियां खिलती हैं
दुनिया में असंख्य लोग बनाए
मगर एक-दूसरे की सूरत
कभी किसी से नहीं मिलती है।
हमने कहा–
आप बिल्कुल सही फरमाते हैं
कभी किसी के चेहरे एक-दूसरे से
मिल नहीं पाते हैं

किन्तु दोस्त
मेरी समझ में एक बात आई
कि कुदरत से भी बढ़कर एक शह है
जिसका नाम है महंगाई
कुदरत की ओर से सूरतें मिलें न मिलें
मगर मेरा परीक्षण ये बताता है
कि बाजार में आए हुए हर आदमी का
महंगाई की मार से
बुझा और लटका हुआ चेहरा
मुझे एक जैसा ही नजर आता है। ■ ■

राजेन्द्र 'राजा'

चीती, सिकन्द्राबाद-203202 (उ.प्र.)

वीरान चम्बल

डाकुओं को नववर्ष की
शुभकामनाएं देने के लिए
मैं चम्बल के बीहड़ों में आया
मगर वहां के दृश्य को देखकर
सकपकाया
मुझे एक भी डाकू नजर नहीं
आ रहा था
हर राहगीर स्वतंत्र तथा निर्भय
अपनी राह पर जा रहा था
कहीं पर भी ना गोलियों का शोर था
ना घोड़ों की टापों की आवाज
ऐसा लग रहा था कि जैसे वहां
आ गया हो पूरी तरह रामराज
तभी मैंने एक राहगीर को
अपने पास बुलाया
और उसके सम्मुख
एक सवाल उठाया-

''क्यों भाई,
यहां के डाकुओं को क्या हो गया है

कोई भी नजर नहीं आ रहा
क्या सभी के सभी
पुलिस के आतंक से
इतना घबरा गए हैं!''
इतना सुनते ही राहगीर बोला–
''नहीं जनाब,
वे तो सभी चुनाव जीतकर
विधानसभा में आ गए हैं!''

सस्ते-टिकाऊ जूते

जैसे ही हमें यह पता चला
कि गांधी चौक वाली दुकान पर
बहुत सस्ते जूते मिलते हैं
जो सस्ते होने के बावजूद
काफी मजबूत होते हैं
बहुत दिनों तक चलते हैं
यह जानकारी पाते ही, मैं
दौड़ा हुआ जूते की दुकान पर आया
और दुकानदार से फरमाया–
''भाईजान!
हमारे पैर के नाप का जूता दिखाइए,

इसकी क्या कीमत है,
कितने दिन चलेगा
कृपया यह भी बताइए!''
इतना सुनते ही दुकानदार बोला–
''भाईजान, माफ करना
हमारी दुकान के तो सभी जूते
खरीदे जा चुके हैं,
और जो बाकी हैं
उनके लिए नेताओं से
एडवांस पा चुके हैं।''
मैंने कहा–
''जूते और एडवांस!
आखिर नेता लोग इतने जूते खरीदकर
क्या करेंगे?
क्या गरीबों में बांटकर
पुण्य कमाएंगे?''
दुकानदार बोला–
''नहीं बाबूजी,
संसद और विधानसभाओं में
खुलकर चलाएंगे!''

उनकी संस्कृति

उन्हें अपनी संस्कृति पर
बहुत अधिक गर्व था
संयोग से उस दिन
रक्षाबंधन का पर्व था
उनकी छोटी बहन उनको
राखी बांधने आई
उन्होंने खुशी-खुशी अपनी कलाई
आगे बढ़ाई
राखी बांधने के बाद बहन ने
अपने मन की गुत्थी खोली
भैया से बोली–
''भैया, मेरी इस राखी के
बंधन को निभाना

और मेरे परिवार को
अपहरणकर्ताओं से बचाना!''
इतना सुनते ही वे बोले–
''बहन, तू चाहे तो
मैं तेरे लिए
आकाश से तारे तोड़कर ला सकता हूं
सारी दुनिया को
तेरे कदमों में बिठा सकता हूं
मगर मैं इतना बड़ा 'रिस्क'
नहीं ले सकता
तेरे परिवार की सुरक्षा की
गारन्टी नहीं दे सकता।''
इतना कहकर उन्होंने
राखी खोलकर बहन को लौटा दी
तभी बहन ने अपनी चूड़ियां उतारकर
भाई की कलाई में चढ़ा दीं।

हमारा कलेजा

सुनते हैं भोले शंकर ने
जहर पिया
और जिन्दा रहे
वे तो भगवान थे
उनकी बात कौन कहे
मगर हमारा कलेजा भी
तो देखिए
कि जब से पैदा हुए हैं
बस जहर ही पी रहे हैं
और आदमी होते हुए भी
अभी तक जी रहे हैं!

घनश्याम अग्रवाल

अलसी प्लांट, अकोला-444004 (महाराष्ट्र.)

आधुनिक द्रौपदी

एक अत्याधुनिका
कम से कम वस्त्र पहनने की
करती है अपील
और पक्ष में देती है ये दलील
"नारी की इज्जत बचाने का
यही है अस्त्र
कि तन पर धारो
जितने भी हो सके
कम से कम वस्त्र
फिर पास नहीं फटकेगा
कोई पापी दु:शासन जैसा
जब चीर ही न होगा तन पर
तब चीरहरण का डर कैसा?"

रावण की दूसरी हार

अबकी बार रावण ने
फिर सीताहरण किया
और अपने दरबार में कहा-
"इस बार जीतेंगे हम दांव
ऐसा प्लान बनाया हमने
उठ जाएगा धरती से
अंगद का पांव
पांव के हटते ही
राम पर मुसीबत भारी होगी
सीता परमानेंट हमारी होगी।"
किंतु राम बेखबर नहीं थे
पूरी तरह जागे थे
होशियारी में रावण से भी
दो कदम आगे थे
इसलिए उन्होंने इस बार
अंगद की जगह

एक मंत्री को दूत बनाकर भेजा
मंत्री रावण के दरबार में
एक कुर्सी पर बैठते हुए बोला–
"हे रावण,
क्या तुम मुझे
इस कुर्सी से हटा सकते हो?
यदि हां, तो फिर
सीता को पा सकते हो।"
दरबारियों के
लाख जोर लगाने पर भी
रावण का मन खिला नहीं
मंत्री का हटना तो दूर
वह कुर्सी से हिला नहीं।
रावण का प्लान बेकार गया
इस बार वह फिर हार गया।

कैलाश गौतम

135, एम.आई.जी., प्रीतम नगर, सलेम सराय, इलाहाबाद

कचहरी

भले डांट घर में तू बीबी की खाना
भले जैसे-तैसे गिरस्ती चलाना
भले जाके जंगल में धूनी रमाना
मगर मेरे बेटे! कचहरी न जाना
कचहरी हमारी-तुम्हारी नहीं है
कहीं से कोई रिश्तेदारी नहीं है
अहलमद से मेरी भी यारी नहीं है
तिवारी था पहले, तिवारी नहीं है
कचहरी की महिमा निराली है बेटे
कचहरी वकीलों की थाली है बेटे
पुलिस के लिए छोटी साली है बेटे
यहां पैरवी अब दलाली है बेटे
कचहरी ही गुंडों की खेती है बेटे
यही जिन्दगी उनको देती है बेटे
खुलेआम कातिल यहां घूमते हैं
सिपाही दरोगा कदम चूमते हैं
कचहरी में सच की बड़ी दुर्दशा है
भला आदमी किस तरह से फंसा है
यहां झूठ की ही कमाई है बेटे
यहां झूठ का रेट हाई है बेटे
कचहरी का मारा, कचहरी में भागे
कचहरी में सोये, कचहरी में जागे
मरा, जी रहा है गवाही में ऐसे
है तांबे का हंडा सुराही में जैसे
लगाते-बुझाते-सिखाते मिलेंगे
हथेली पे सरसों उगाते मिलेंगे
कचहरी तो बेवा का तन देखती है
कहां से खुलेगा बटन देखती है
कचहरी शरीफों की खातिर नहीं है
उसी की कसम लो जो हाजिर नहीं है
है बासी मुंह घर से बुलाती कचहरी

बुलाकर के दिनभर रुलाती कचहरी
मुकदमे की फाइल दबाती कचहरी
हमेशा नया गुल खिलाती कचहरी

कचहरी का पानी जहर से भरा है
कचहरी के नल पर मुवक्किल मरा है
कचहरी का पानी, कचहरी का दाना
तुम्हें लग न जाए तू बचना-बचाना
भले और कोई मुसीबत बुलाना
कचहरी की नौबत कभी घर न लाना

कभी भूलकर भी न आंखें उठाना
न आंखें उठाना न गर्दन फंसाना
जहां पांडवों को नरक है कचहरी
वहीं कौरवों का सरग है कचहरी

■ ■

लक्ष्मीदत्त 'तरुण'

टाइप II, -6ए, भाभानगर (रावतभाटा)-323307 वाया-कोटा (राजस्थान)

अपनी-अपनी सोच...

नुक्कड़ पर खड़े भुक्खड़ ने
दूसरे भुक्खड़ से कहा-
"मजा आ गया, अहा! अहा!!
देश के हालात अब और बिगड़ने चाहिए
कुछ भी हो यार
वोट तो अब हर साल पड़ने चाहिए!"
इस पर दूसरा बोला-
"अबे, क्यों देता है तू ऐसी बददुआ,
चुनावों से भी कभी कहीं
हम गरीबों को कोई फायदा हुआ?"
इस पर पहले ने समझाया-
"देख, ऐसा है यार,
इतने सारे खड़े होते हैं उंम्मीदवार
जगह-जगह करते हैं अपना प्रचार
लगाते हैं बैनर, पोस्टर, इश्तिहार
हम रात में जाते हैं
उनके बैनर उतार लाते हैं

और वे बैनर हम अपने
छोटे-छोटे बच्चों को दिखाते हैं
उन्हें देखते ही बच्चों का दिल
मारे खुशी के फूल-सा खिल-खिल जाता है
अरे, सालभर के लिए ही सही
कम से कम हमारे बच्चों को
पहनने के लिए इन बैनरों से
नया कपड़ा ती मिल जाता है।

झण्डा ऊंचा रहे हमारा

जब भी कोई बहुत बड़ा नेता
ऊपर वाले की कृपा से
ऊपर उठा लिया जाता है
पता नहीं क्यों उस दिन हमारे देश में

झण्डे को नीचे झुका दिया जाता है
कभी-कभी सोचता हूं
ये कितना बुरा किया जाता है
क्या हम उस रोज हमारे झण्डे को
एक फुट ऊंचा नहीं उठा सकते हैं?
लोगों की शंका को
क्या यह कहकर नहीं मिटा सकते हैं

कि झण्डा इन नेताओं की
कलाकारियों से
इन महान आत्माओं की कारगुजारियों से
वैसे ही शर्मसार था
ऊपर उठकर लहराने के लिए बेकरार था
अजी एक फुट ही क्यों
हम तो चाहते हैं हमारा झण्डा एक गज
यानी तीन फुट ऊंचा बुलन्द हो
मगर उसके लिए ऐसा तब होगा
जब एक साथ तीन-तीन नेताओं की
सांस बंद हो
झण्डा कैसे भी बस ऊंचा उठता ही जाए
एक दिन इतना ऊंचा उठे कि
विश्व में सबसे ऊंचा
हमारा झण्डा कहा जाए
हर आदमी हर आदमी को बतलाए
कि भारत में अब भ्रष्टाचार नहीं रहा
किसी प्रकार का भेदभाव, अनाचार नहीं रहा
गरीब बच्चे
कांच के टुकड़े,
टूटी प्लास्टिक की चप्पलें
कचरे में से नहीं बीनते हैं
और ना ही वे
कुत्ते के मुंह से
भूख लगने पर
रोटी ही छीनते हैं।

■ ■

विजय निर्बाध

661, मोतासिंह नगर, जालंधर (पंजाब)

पहले बीमा करवा प्यारे!

इस जीवन के अन्दर चाहे होना अगर सफल!
लोग पकौड़े तलें तेल में, तू पानी में तल!!
छोड़-छाड़ कर चला गया वह नहाती-धोती रह गई!
क्या सखी साजन? नहीं बावरी, नगर निगम का नल!!
पीजा हया, शर्म को पीजा, घुट कर जफ्फी पाले!
स्कूटर पर बैठ डार्लिंग फिल्म देखने चल!!
पहले राजनीति के अन्दर केवल दल होते थे!
लेकिन अब हर दल के अन्दर होती है दलदल!!
तुम मेरी आंखों से देखो सारे अन्तर मिट गए!
बिल्कुल ओरिजनल जैसी ही लगने लगी नकल!!
उठ! अंधे लोगों के पीछे आंख मूंद कर चल पड़!
जिसका मोल पड़े मंडी में उस सांचे में ढल!!
किसी वक्त भी, किसी तरफ से आ सकती है गोली!
पहले बीमा करवा प्यारे पीछे बाहर निकल!!
हमें हमारी चीज सुनाकर वह हमसे से ही बोले-
कहिए कैसी लगी आपको मेरी नई गज़ल!!
श्री विजय निर्बाध आपको शायर कौन कहे!
न तो कोई धड़ा आपका, न तिकड़म, न छल!!

जनयुग है, आजादी है

अब किसका विश्वास रहा है मेहनत करके खाने में,
सारी दुनिया लगी हुई है दो के बीस बनाने में!
पहले केवल जेब कटी थी अब कपड़े भी उतर गए,
श्रीमान्‌जी रपट लिखाने चले गए थे थाने में!
बात चली, मंत्रीजी बोले काम तुम्हारा कर देंगे,
लेकिन पहले यह बतलाओ, क्या दोगे नजराने में?
जो चाहो सो करो प्रेम से जनयुग है, आजादी है,
घर के पहरेदार लगे हैं, घर में आग लगाने में!
आजादी से पहले बेशक लोग पिकेटिंग करते थे,
मंदिर से दस गुना भीड़ अब रहती है मयखाने में!
सत्य, सादगी, सदाचार की बातें करते रहते हैं,
श्री विजय निर्बाध हो गए पैदा गलत जमाने में!

■■

डॉ. सरोजनी प्रीतम

सी-111 न्यू राजेन्द्र नगर, नई दिल्ली-110060

हंसिकाएं

उत्तर कांड

उनके उत्तर पर
सभा में हंगामा होते देखकर
बेहाल हो गया
प्रश्न। 'काल' हो गया

डिस्को

पश्चिमी सभ्यता में डूबे युवकों को
डिस्को करते देखकर
संस्कृत का अध्यापक ऊब गया
बोला-"सूर्य को देखो
पश्चिम में ढला तो डूब गया!"

साम्य

दीवाली और
पतझड़ के मौसम में
वे समानता बताते हैं-
कि दोनों में
पत्ते फेंके जाते हैं।

खोया

हलवाई ने कविता लिखी यों
-तुम्हारे रूप की चाशनी में
मन को डुबोया है,
मक्खन-सी देह, मलाई-सा रंग
मन 'खोया'-खोया है

अरसिक

गणितज्ञ प्रेमी से वह लगी कहने
"तुमसे आंखें चार करके
आठ-आठ आंसू बहाए हैं मैंने!"
गणितज्ञ बोले हिसाब करके

''यानि प्रत्येक आंख से
दो-दो आंसू चार-चार बार टपके!''

स्वयंसेवी

तथाकथित सेवक
सेवा का बीड़ा यों भुना गया
सबको चूना लग गया

विपरीत

प्रदूषण के बारे में वे बताते हैं
कि वृक्ष प्रदूषण रोकते हैं
तो, वंश-वृक्ष प्रदूषण बढ़ाते हैं

चंदा

यार से बोली वो
तुम मेरे चंदा हो
तभी पीछे से आवाज आई
-गौशाला के वास्ते चंदा दो माई

प्रेमी

विदेश से लौटे प्रेमी से बोली वो–
'तुम पांच साल में जरा भी नहीं बदले हो।'
सुनकर उन्होंने इतनी-सी बात कही–
'प्रेमी हूं तुम्हारा–सरकार तो नहीं'

लाभ

रूपसी को रोते देखकर
आश्वासन देने लगे–
'जहां पानी मिला नहीं
वहीं नाव खेने लगे!'

छंटनी

आमंत्रित श्रोताओं से कहने लगा संयोजक
'हम सम्मेलन में सदा
अच्छे कवियों को छांटकर बुलाते हैं
यानी हमारे यहां
सिर्फ छंटे हुए कवि ही आते हैं!'

मन

गणितज्ञ अपनी प्रेमिका से बोले–
'तुम छटांक भर दुख बांट लो
'मन' कुछ हल्का होले।'

झटका

शालीन पत्नी को आधुनिका बना दिया
उस पर पश्चिमी सभ्यता का रंग चढ़ा दिया
–फिर उसी का चलन उन्हें खराब लगा,
क्योंकि अब जब भी बिजली गिराई
–उन्हें ही शॉक लगा।

वृद्धावस्था

सबसे पहले सिर के बाल सफेद हुए
बालों का सफेद होना गढ़ा
'बुढ़ापा भी देखो तो, कितना सिर चढ़ा!'

किस के लिए

प्रेम पर चर्चा चली तो
उसने दबे स्वर में कहा–
*'क्या कहूं, किस के लिए उम्रभर
मन तड़पता रहा!'*

■ ■

साजन ग्वालियरी

बी-18, गोविन्दपुरी, ग्वालियर (म प्र.)-474011

मुक्केबाजी का स्वर्ण-पदक

एक दिन हमने मुंगेरीलाल की
आंखों से देखा एक हसीन सपना
"इस बार विश्व खेलों में
हमारे एक सींकिया पहलवान ने
अपने देश को पहला स्वर्ण-पदक दिला दिया
क्योंकि उसने मुक्केबाजी के
विश्व चैम्पियन को
डेढ़ मिनिट में हरा दिया।"
यह देखकर विश्व के बड़े-बड़े
पहलवानों के छक्के छूट गए
बेचारों के दिल 'लोकदल' की तरह टूट गए
अंत में सारे पहलवान उसके पास आए
सबने अपने मस्तक उसके चरणों में झुकाए
और उससे बोले-
"हम आज से ही आपकी सेवा कर रहे हैं शुरू
हमने सामूहिक रूप से आपको मान लिया है गुरू
अब हमें भी गुरुमंत्र सिखा दो
मुक्केबाजी के ये खतरनाक दांवपेच
आपने कहां सीखे हैं, इतना बता दो

यह सुनकर उसने अपनी महानता का राज खोला
और सीना फुलाते हुए बोला
हमने तमाम विरोधियों के पावरफुल मुक्के
इन दधीचनुमा हड्डियों पर
लगातार पांच वर्ष सहे हैं
हम बाकायदा दो साल एम.एल.ए.
और तीन साल एम.पी. रहे हैं
इस विषय में हमारे अनुभव बहुत तीखे हैं
मुक्केबाजी के ये भयानक दांवपेच
हमने विधानसभा और संसद में सीखे हैं।''

■ ■

डॉ. संत हास्यरसी

4087, रामनगर (लोनी रोड), शाहदरा, दिल्ली- 110032

आबादी की समस्या

दस फुट की झोपड़पट्टी
टाट की छत, बांस की चट्टी
एक मां, एक बाप
बारह बेटे, छः बेटी
एक फटा लिहाफ।
मुर्गा बोलते ही सब कागज-कचरा
बीनने चले जाते हैं,
ठीक रात्रि बारह बजे
जिन्दगी का संविधान पकड़े हुए
अपने राष्ट्रपति भवन में आते हैं।
सभी सरकारी फाइलों की तरह
एक के ऊपर एक करके सोते हैं,
चिथड़ों में पोती, गुदड़ी में पोते हैं।
सीटी-मीटी, डेली, वीकली
संडे, मंडे, घिस्सू, कवली।
मुन्नर, सुन्नर, टिंकू, मिंकू
बालूबाई, बिल्लू, बवली।

मम्मी ऊन भेड़ वाली है, पापा डाल रहे हैं फंदे
गांठ के पूरे, अकल के अंधे
सृष्टि नियंता सादर वंदे!
कुछ नींद में आपस में अटक रहे हैं,
क्या करें कुछ मोटे पीस खूंटियों पर लटक रहे हैं।
गुल्लू ने बाप को तकिया बनाया,
बाप ने कलवा को छाती पर
तथा ललवा को कलवा की पीठ पर सुलाया।
खड़े ही खड़े चार प्राणी
छत से चोटी बांधकर सो रहे हैं
उस कोने में हलचल है
शायद कुछ वोटर बनने वाले
और पैदा हो रहे हैं
आ गए मेहमान! निकल गई जान!
सब सावधान खड़े राष्ट्रगान गा रहे हैं,
जिन्दगी की गणतंत्र-रात्रि मना रहे हैं।
आबादी इक्कीसवीं सदी तक
आसमान पर चढ़ जाएगी,
इंसान और पक्षियों में जंग छिड़ जाएगी।
जैसा करेगा, वैसा भरेगा
और क्या करेगा
इंसान पेड़ों पर रहेगा,
हर पक्षी अपना घोंसला
'पत्थर दिल' इंसान के सिर पर धरेगा।

■ ■

सुभाष काबरा

6, साकेत, स्कूल रोड, दादीसेठ रोड का संगम,
मलाड (प.) बम्बई-400064

चरित्र

*होली के अवसर पर
पनवाड़िन ने
पनवाड़ी का चरित्र
देश के नेताओं से ऊंचा बताया-
पिछले चालीस वर्षों से
हिन्दुस्तान का नक्शा दुकान पर टंगा है
लेकिन पनवाड़ी ने
हमेशा पान पर ही चूना लगाया।*

ताज और आज

*भांग के नशे में
एक भंगेड़ी ने दूसरे भंगेड़ी को
शाहजहां जानकर फर्माया-
''मि. शाहजहां, खाविंद मुमताज महल
होश में आओ,
इस बार आगरे में नहीं, दिल्ली या
बंबई में अपनी महफिल जमाओ,*

बनाया होगा किसी जमाने में तुमने ताजमहल
आज की तारीख में
दो रूम किचन बनाकर दिखाओ!''
दूसरे भंगेड़ी ने भी बदला अपना चोला
और शाहजहां का रूप धरकर बोला–
''आज भी मिलती हैं सरे आम सैकड़ों मुमताज
और सभी को ताज की ख्वाहिश है, मगर
लहू में एक कतरा भी मुहब्बत का नहीं,
है संगमरमर पे टिकी सबकी नजर
गर कहीं कोई सही मुमताज
पाई भी गई
वक्त के हाथों जिन्दा ही दफनाई गई
ऐसे हालात में अब 'ताज'
मेरा बाप बनाए,
जिसे जरूरत हो वो कमबख्त
अपने आप बनाए।''

समाजवाद

जनता ने नेता से
हाथ जोड़कर पूछा–
''माई बाप!
क्या आप भी यकीन करते हैं
समाजवाद में?''

नेता ने
मुर्गे की टांग चबाते हुए कहा–
''पहले हम,
समाज बाद में!''

एकता

कन्याकुमारी से लेकर कश्मीर तक
और झोपड़पट्टी से लेकर जागीर तक
सबके इरादे नेक हैं
हम सब एक हैं।
रेलवे स्टेशन पर
चाय की दुकान में
चाय बनाने वाला लड़का
देश का सच्चा सपूत है
हर स्टेशन पर मिलने वाली
पानी जैसी एक-सी चाय
हमारी एकता का
सबसे बड़ा सबूत है।

■ ■

शंकर प्रसाद करगेती

टाइप IV-65, नई कालोनी, कासिमपुर (अलीगढ़)–202127

माला?

मास्टरजी,
छोटे बच्चों को
कबीर के दोहों का
भावार्थ बता रहे थे
उन शब्दों की व्याख्या भी करते
जो बीच-बीच में आ रहे थे
'माला फेरत जुग भया'
अर्थ बताने से पूर्व मास्टरजी ने
एक प्रश्न किया–
''माला कितने प्रकार की होती है
जरा बताओ
जो उत्तर जानते हों, बस वही
हाथ उठाओ!''
सभी बच्चों ने तुरंत ही हाथ उठाए,
तो मास्टरजी कुछ घबराए
सबसे छोटे बच्चे को उठाया
तो उसने उत्तर कुछ इस तरह बताया–
''मास्टरजी, ये किसे नहीं आता है

ये तो मेरा तीन साल का भाई भी
दिन-रात चिल्लाता है।
अरे, ये भी है कोई चीज निराली
एक खाने वाली और दूसरी पहनने वाली।''

हनुमान की तन्दरुस्ती

हमारे मौहल्ले में हो रही रामलीला में
लंका-दहन का काण्ड चल रहा था
साठ साल का हृष्ट-पुष्ट हनुमान
मंच पर जोर-जोर से उछल रहा था
हनुमान की उछल-कूद से तंग आकर
रावण के चेलों ने घबराकर
उसकी पूंछ में जो आग लगाई
तो हनुमान के शरीर में
कुछ और स्फूर्ति आई
उसने इधर-उधर दौड़ लगाकर
अपनी जलती पूंछ को घुमा-घुमाकर
हर ओर आग लगा दी
घास-फूस से बनी रेडीमेड लंका
पलक झपकते ही जला दी
अन्ततः रावण ने घबराकर
हनुमानजी को पास बुलाकर
पूछा-
''डियर! मैंने तुम्हारी
फुर्ती व मौजमस्ती देखी
इस उम्र में भी ये तन्दरुस्ती देखी
इसके पीछे जरूर कोई बात खास है?''
हनुमान जी बोले-
''जी, इसका राज तो 'डाबर का च्यवनप्राश' है।''

पेड़ से प्रेम

पेड़ लगाओ अभियान में
मंत्रीजी की
विशेष रुचि पाकर
एक चमचे ने घबराकर
प्रश्न किया-

''प्रभो! यह आपको क्या हो गया है?
लगता है आपका राजनीति-बोध
कहीं खो गया है,
इन पेड़ों पर वोट नहीं फल लगेंगे,
इनकी सेवा से भला आपके क्या भाग्य जगेंगे?''
मंत्रीजी बोले-
''मुझे पेड़ों से नहीं
उनकी लकड़ी से प्यार है
और यही मेरे राजनैतिक जीवन का आधार है
क्योंकि इसी लकड़ी से
वह कुर्सी बनाई जाती है
जो जीवन-पर्यन्त
धन ही धन बरसाती है।''

सरकारी फाइल

जब सबसे धीमी गति से
चलने वालों का जिक्र आया
तो लोग कछुए और केंचुए के
विषय में सोचने लगे
लेकिन मेरे मन-मस्तिष्क में
तैरने लगी-सरकारी फाइल।
हाइवे पर, चौराहों पर
सड़कों पर, मोड़ों पर

जब कभी साइन बोर्ड पर लिखा देखता हूं
धीरे चलें–सुरक्षित पहुंचें
तो मुझे याद आती है, वही–सरकारी फाइल।
लालबत्ती की परवाह न करते हुए
पेट की आग को शांत करने के लिए
हाथ में कटोरा लिए
जब वह तेजी से दौड़ते हुए
कार के दरवाजे तक
पहुंचने की कोशिश में
अपनी एक टांग गंवा बैठा तो
उसकी रेंगने की कोशिश देखकर
मुझे याद आती है–वही सरकारी फाइल।
सरकारी सस्ते राशन की दुकान की,
भारतीय रेल की सेकिन्ड क्लास टिकट खिड़की की,
महीने की पहली तारीख में पेंशनरों की
मंत्रीजी के घर पर मिलने आए लोगों की
–न खिसकने वाली कतार को देखकर
मुझे याद आती है वही, हां वही–सरकारी फाइल!

■ ■

सूर्यकुमार पाण्डेय

353, त्रिवेणी नगर, लखनऊ-226070

पत्नी और घड़ी

कुछ लोग कहते हैं
पत्नी एक समस्या बड़ी है।
कुछ कहते हैं:
पत्नी मुसीबतों की लड़ी है।
कुछ का कहना है:
पत्नी एक हथकड़ी है।
मैं कहता हूं:
पत्नी न समस्या है, न मुसीबत है
न हथकड़ी है
वह तो सिर्फ एक घड़ी है।
क्योंकि जब यह बंध जाती है
तब आपने आप में
एक टंटा हो जाता है
और इस घड़ी के साथ
आदमी (लटककर) घण्टा हो जाता है
यह सुनकर मेरे एक मित्र बोले–
"पत्नी घड़ी कैसे है,
आप समझाएंगे
खुलासा करके बताएंगे?"
मैंने कहा–
आप भी बिल्कुल वही हैं!
लगता है
आपके पास दोनों ही नहीं हैं।
इसलिए तीसरे की सुनिए
ध्यान से गुनिए!
आपकी चीजों का तो मुझे नहीं पता
मगर अपने मामले में है
एक विशेषता!
मेरी तो दोनों ही गोल-मटोल दिखती हैं
टिक-टिककर चलती हैं।
चल-चलकर टिकती हैं।

वैसे हमने कुछ साक्ष्य जुटाए हैं
जिनसे पता चलता है
कि पत्नी और घड़ी में
बहुत सारी समरूपताएं हैं।

एक चलती है, दूसरी मचलती है
और यदा-कदा
दोनों की अनुपस्थिति बहुत खलती है।
किसी-किसी की
दोनों अप-टू-डेट रहती हैं,
और किसी-किसी की
दोनों ही लेट रहती हैं।
वैसे, इनकी एक और विशेषता है
जो आप सबको भी पता है
कि पत्नी और घड़ी
दोनों ही स्त्रीलिंग हैं,
और अंदरूनी मामलों में
बिल्कुल स्प्रिंग हैं!
पत्नी और घड़ी में
एक और बात खास होती है
चेन और सूइयां
दोनों के पास होती हैं!
ये दोनों ही चीजें मांगे से नहीं दी जातीं
किसी के भरोसे छोड़ी नहीं जातीं

और बेमतलब छेड़ी नहीं जातीं
वैसे, एक और मामले में
इनमें काफी निकटता है
कि अगर ये बिगड़ जाएं
तो वक्त काटे नहीं कटता है।
मैं एक कवि सम्मेलन में गया
वहां मैंने देखा
बहुत सारे लोग अकेले ही आए थे
अपने साथ अपनी
घरवाली घड़ियों को नहीं लाए थे
इसीलिए बगलें झांक रहे थे,
और टाइम पूछने के बहाने
दूसरों की घड़ियों में ताक रहे थे।
वहां मैंने उन्हें समझाया:
हालांकि ऐसे मामलों में
मैं चुप ही रहता हूं
मगर आज मौका मिला है
तो कहता हूं:
भाई साहब,
माना कि आपकी घड़ियां
आज आपके साथ नहीं हैं,
मगर दूसरों की में
ताक-झांक करना
यह तो ठीक बात नहीं है।
घड़ियां समय का प्रतीक हैं
सुन्दर हैं-ठीक हैं।
अब हम आपको क्या बतलाएं
कि ये कैसी-कैसी हैं
कुछ के पास देशी हैं
कुछ के पास विदेशी हैं।
इनके भिन्न-भिन्न आकार हैं
रंग-रूप हैं, प्रकार हैं
कुछ ऑटोमेटिक हैं,
कुछ चाबीदार हैं।
कुछ घण्टाघर हैं, कुछ घड़ियाल हैं।

मगर पत्नी और घड़ी में
एक भेद बड़ा प्यारा है
ऐसा हमने
चाबी वाली घड़ियों को देखकर
विचारा है।
अगर घड़ी को चाबी भरी जाए
तो वह
केवल चौबीस घण्टे ही चलती है
मगर इसके विपरीत भी
इनका एक नाता है–
कि अगर कहीं
उल्टे आपकी घरवाली घड़ी ही
आपके चाबी भर दे
तो आदमी
पूरी तरह चकरघिन्नी खाता है।
मेरे तथाकथित भूतपूर्व ससुरजी के पास
ढेरों घड़ियां थीं
एक से एक बढ़िया थीं।
जेबी घड़ी, कमर घड़ी, कलाई घड़ी
और उससे भी बड़ी,
टेबिल घड़ी, दीवाल घड़ी।
वे एक दिन
अपनी सामग्री लेकर
एक कवि सम्मेलन में आए
बोले–
''इतनी सारी हैं
इनमें से एक को वर लो,
जो भी जंच जाए
पसंद कर लो!''
मैंने जेबी घड़ी की तरफ दृष्टि उठाई
इतने में आ गए 'क' भाई
वे निकल गए
मुझसे भी दो कदम आगे
और जेबी घड़ी ले भागे।
'ख' बोले–

''मैं तो कमर घड़ी लूंगा
बाहर बांधूंगा
घर में सहेजूंगा, धरूंगा।''
मैंने कहा–
''भाई साहब,
आप एक बात बतलाएंगे
आपके पास तो कमर ही नहीं है
फिर आप इसे
कहां लटकाएंगे?''
वे बोले–
''तुम नहीं समझ पाओगे
यह बात
तुम्हारी खोपड़ी में नहीं आएगी,
अरे, मैं इसे
शरीर में जहां भी लटका दूंगा
वह जगह कमर हो जाएगी।''
'ग' भला कैसे पीछे रहते
उन्होंने दीवाल घड़ी मांग ली
और अपनी खूंटी पर
विधिवत टांग ली!
'घ' बोले–
''मैं तो टेबिल घड़ी लूंगा
टेबिल तो अपने पास है नहीं
लेटकर इसे पेट पर धरूंगा!''
'च' ने सोचा–
मेरी किसमें भलाई बड़ी है?
तपाक से बोले–
''मेरी पसंद तो कलाई घड़ी है!''
ससुरजी बोले–
''ले जाइए, ले जाइए
मगर संभालकर बांधिएगा
यह घड़ी थोड़ी क्रानिक है
क्योंकि इलेक्ट्रॉनिक है!''
वैसे सच्चाई तो यह है
भले ही आप इसे कहें या न कहें

घड़ियां किसी भी रूप में रहें
इनसे हमेशा पुरुष ने प्रेरणा पाई है,
घड़ियों ने सृष्टि की है
मनुष्य को प्रगति की राह दिखाई है।
वैसे इस बारे में ढेरों मत-मतान्तर हैं
मगर पत्नी और घड़ी में
कुछ मौलिक अंतर हैं-

घड़ियां रूपवती भले ही हों
ये पुत्रवती नहीं होतीं
ये विधवा नहीं होतीं, सती नहीं होतीं
भले ही बाजार में बिकें
आपके पास टिकें या न टिकें
ठुकराई नहीं जातीं,
घड़ियां दहेज की मोहताज नहीं होतीं
घड़ियां जलाई नहीं जातीं!

■ ■

सुरेश 'नीरव'

सहायक सम्पादक : कादम्बिनी, हिन्दुस्तान टाइम्स बिल्डिंग,
कस्तूरबा गांधी मार्ग, नई दिल्ली-110001 हैलो-हैलो : 3747057

दानवीर

एक दिन हमारे दरवाजे पर
दी किसी ने दस्तक
हमने उठाकर मस्तक
पूछा-'कौन?'
वो रहा मौन
हमने फिर पूछा-'कौन?'
तो बोला वो बंदा-
"चाहिए मुझे पांच रुपये का चंदा।
चौराहे पर लाश नेताजी की लावारिस पड़ी है
उनकी अन्त्येष्टि के लिए पांच रुपये दीजिए!"
हमने कहा-"पांच की जगह पंद्रह लीजिए
मगर...
एक की जगह तीन नेताओं की
अन्त्येष्टि कीजिए!!"

कूद जाएंगे

एक बहू और एक सास
और उनके पुत्र श्री प्रकाश
बैठे थे उदास
अचानक मां ने कहा–
"बेटा कल्पना करो कि
हम और बहू दोनों गंगाजी नहाने जाएं
हमारा पैर फिसल जाए
और हम दोनों डूब जाएं
तो तू अपना धर्म कैसे निभाएगा
डूबती हुई मां और बीवी में
किसको बचाएगा?"
मेहरबान! कदरदान! साहिबान!
लड़का था परेशान
उसके दिमाग में कोई युक्ति नहीं आई
क्योंकि...
एक तरफ था कुआं
और दूसरी तरफ थी खाई

अचानक बीवी ने मुंह खोला
और यूं बोला–
कि हे पतिदेव!
आप अपना धर्म
श्रवण कुमार की तरह निभाना

डूबती हुई मां और बीवी में
अपनी मां को ही बचाना
मां की ममता की लाज को मत लजाना
अरे, हमारा क्या है
हम तो जवान हैं
मौत से भी जूझ जाएंगे
और हमें बचाने
जिन्हें तैरना नहीं आता
वे भी कूद जाएंगे।''

■ ■

शैल चतुर्वेदी

41/42, श्रीराम अपार्टमेंट, शुचिधाम, फिल्मसिटी रोड,
मलाड (पूर्व), बम्बई-97

चल गई

*वैसे तो मैं शरीफ इंसान हूं
मगर अपनी बाईं आंख से
बहुत परेशान हूं
अपने आप चलती है
और लोग समझते हैं
चलाई गई है
जान-बूझकर मिलाई गई है।
एक बार बचपन में
क्लास में
एक लड़की बैठी थी पास में
नाम था सुरेखा
उसने हमें देखा
और आंख बाईं
'चल गई!'
लड़की हाय-हाय
क्लास छोड़कर
बाहर निकल गई।
थोड़ी देर बाद
हमें है याद
प्रिंसिपल ने बुलाया
लंबा-चौड़ा लैक्चर पिलाया
हमने कहा-"भूल हो गई।"
वो बोला-"ऐसा भी होता है भूल में
शर्म नहीं आती
आंख चलाते हो स्कूल में!"
इससे पहले कि हकीकत बयान करते
फिर 'चल गई'
प्रिंसिपल को खल गई।
हुआ ये परिणाम
स्कूल से कट गया नाम*

बमुश्किल तमाम
मिला एक काम।
तो इंटरव्यू में
खड़े थे क्यू में
एक लड़की
आगे खड़ी थी
अचानक मुड़ी
उसकी नजर हम पर पड़ी
और आंख
'चल गई!'
लड़की उछल गई।
दूसरे उम्मीदवार चौंके
लड़की का पक्ष लेकर भौंके
फिर क्या था
मार-मार जूते-चप्पल
फोड़ दिया हमारा बक्कल
सिर पर पांव रखकर भागे
लोग-बाग पीछे
हम आगे।
घबराहट में
घुस गए एक घर में
भयंकर पीड़ा थी सर में
बुरी तरह हांफ रहे थे

तभी पूछा उस घरवाली ने
''कौन?''
हम खड़े रहे मौन
वह बोली-''बतलाते हो या किसी को बुलाऊं।''
और इससे पहले कि मैं
जुबान हिलाऊं
'चल गई'
वह मारे गुस्से के जल गई
साक्षात दुर्गा-सी दीखी
बुरी तरह चीखी
बात की बात में
हो गए इकट्ठे
अड़ौसी-पड़ौसी
मौसा-मौसी
भतीजे-मामा
मच गया हंगामा
चड्डी बना दिया
हमारा पैजामा
बनियान बन गई-
कुर्त्ता।
मार-मार कर बना दिया
हमारा भुर्त्ता!

ृम चीखते रहे
और पीटने वाले
ृमें पीटते रहे
भगवान जाने
क़ब तक निकालते रहे रोष
और जब हमें
आया होश
ो देखा
ऱस्पताल में पड़े थे
डॉक्टर और नर्स
ोरे खड़े थे
ार्स बोली–''दर्द कहां है?''
ृम कहां-कहां बतलाते
और इससे पहले
के कुछ कह पाते
चल गई।'
ार्स कुछ नहीं बोली
ागर डॉक्टर को खल गई
ोला–''इतने सीरियस हो
फ़िर भी ऐसी हरकत कर लेते हो
स हाल में
ार्म नहीं आती
ोहब्बत करते हो हस्पताल में!''
ॉक्टर और नर्स के जाते ही
ााया वार्ड ब्यॉय
ने लगा अपनी राय–
' भाग जाएं चुपचाप
हीं जानते आप
ात बढ़ गई है
ॉक्टर को गड़ गई है
ेस आपका बिगड़वा देगा
ौर न हुआ तो
रा हुआ बतलाकर
ज़िन्दा गड़वा देगा।''
ब आंखें मूंदकर

खिड़की से कूदकर
भाग आए
जान बची तो लाखों पाए
एक दिन सकारे
बापजी हमारे
बोले हमसे–
"अब, क्या कहें तुमसे
कुछ नहीं कर सकते
तो शादी ही कर लो
लड़की देख ली है
जरा हैल्थ की कच्ची है
जैसी भी है, लड़की है
बड़े घर की है
शादी कर लोगे
तो संभल जाओगे
खोटे सिक्के हो
मगर चल जाओगे।"
तब एक दिन
भगवान से मिलके
धड़कता दिल ले
पहुंच गए रुड़की
देखने लड़की
शायद हमारी होने वाली सास
बैठी थी हमारे पास
बोली–"यात्रा में तकलीफ तो नहीं हुई?"
और आंख मुई
'चल गई।'
वे समझीं कि मचल गई
बोली–"लड़की तो अंदर है
मैं लड़की की मां हूं
लड़की को बुलाऊं?"
और इससे पहले
कि जुबान हिलाऊं
चल गई दुबारा
उन्होंने किसी का नाम ले पुकारा

और झटके से खड़ी हो गई
हमारे बापजी का सारा प्लान धो गई।
हम जैसे गए थे, लौट आए
घर पहुंचे मुंह लटकाए
पिताजी बोले–
"अब क्या फायदा मुंह लटकाने से
आग लगे ऐसी जवानी में
डूब मरो चुल्लू भर पानी में
नहीं डूब सकते, तो आंख फोड़ लो
नहीं फोड़ सकते
तो हमसे नाता तोड़ लो
जब भी कहीं जाते हो, पिटकर ही आते हो
भगवान जाने, कैसे चलाते हो!"
अब आप ही बताइए
क्या करूं, कहां जाऊं
कहां तक गुन गाऊं
अपनी बाईं आंख के
कम्बख्त जूते खिलवाएगी
लाख दो लाख के
अब आप ही संभालिए
म–म–म मेरा मतलब है, कोई रास्ता निकालिए
जवान हो या वृद्धा
पूरी हो या अद्धा
केवल एक लड़की
जिसकी एक आंख चलती हो
पता लगाइए, और मिल जाए
तो मुझे बताइए!

■ ■

हुल्लड़ मुरादाबादी

2, पंचशील कॉलोनी, सिविल लाइंस, मुरादाबाद (उ.प्र.)–244001

हैलो–हैलो–314876

आधुनिका पत्नी

शादी के पहले वर्ष–
पत्नी कहती है–
'ऐ जी सुनते हो
आज आफिस से जल्दी घर आना है,
हमें फिल्म 'जोरू का गुलाम' देखने जाना है।
याद दिला रही हूं!
दूसरे वर्ष–
ऐ गोबर गणेश बहरे हो क्या?
कब से चिल्ला रही हूं
अपना और बच्चों का खाना खुद ही बनाना
नोट: (बरनौल बरामदे में रक्खा है)
मैं तो किटी पार्टी से डिनर लेकर आ रही हूं
बहुत थक गई हूं, सोने जा रही हूं
और तीसरे वर्ष–
कहां मर गए मेरे मिट्टी के माधो
अभी तक चुन्नू का मुंह नहीं धुलाया
मुन्नू को नेकर नहीं पहनाया
बिल्ली को दूध पिला देना
और कुत्ते के साथ-साथ

बच्चों को भी नाश्ता करा देना
मैं ही जानती हूं कैसे गृहस्थी चला रही हूं
मैं जरा अपनी अम्मा के साथ ब्यूटी पार्लर जा रही हूं

सस्पैंस रचना

सुनसान मोड़ से
जैसे ही मैंने कार को आगे बढ़ाया
एक लड़की ने लिफ्ट लेने के लिए
हाथ हिलाया।

मैंने सोचा–
खिला हुआ चांद
और एक लड़की का साथ
हम तो तर गए द्वारकानाथ
वह भी सुंदर और अकेली
लेकिन समझ में नहीं आई
यह पहेली।
मैंने पूछा–''कहां जाना है आपको?''
वह बोली–''गोल मार्केट, नई दिल्ली।''
अंदर से तो मैं हर्षाया
लेकिन ऊपर से मैंने उसे भाषण पिलाया–
''इतनी रात गए
आपको अकेले नहीं घूमना चाहिए,

जमाना खराब है
सावधान रहना चाहिए,
आप लग रही हैं बदहवास
बाल जिन्दगी के समान उलझे हुए
और आंखें एक बेरोजगार की तरह उदास
गाल ईमानदारी की तरह
धसक रहे हैं
और होंठ कश्मीर-समस्या की तरह
कसक रहे हैं।''
वह बोली-''लगता है आप कोई नेता हैं?''
मैंने कहा-''नहीं, हम कवि हैं।''
इतना सुनते ही वह ऐंठ गई,
मुझसे और भी सटकर बैठ गई
मैंने प्रोत्साहित होकर पूछा-
''कल संध्या समय आपका क्या कार्यक्रम है।
यदि आपको कोई आपत्ति न हो
तो कनाट-प्लेस भ्रमण के लिए चलेंगे
और रात्रि में कोई चलचित्र देखेंगे।''
वह बोली-''आपका परिचय?''
मैंने कहा-''मैं हूं हुल्लड़ मुरादाबादी
हिन्दी-सेवी।''
उसने मेरे सीने पर
पिस्तौल रखते हुए कहा-

''और मुझे कहते हैं
उदीयमान डकैत झूलनदेवी
अब बता मेरी आंखें कैसी हैं?''
मैंने कहा–
''झील के समान
होठ गुलाब की तरह मुस्कराते हुए
और बाल सुंदर सपनों के समान लहराते हुए।''
वह बोली–
''सिर्फ कविता से काम नहीं चलेगा
गाड़ी को सामने वाली अंधेरी गली में घुमा लो
और कवि सम्मेलन से जो पारिश्रमिक लाए हो
वह निकालो!''
मैंने सोचा–
''लो और बिठा लो!
हे प्रभु, जैसे भी हो इस बला को टालो।''
प्रत्यक्ष में मैंने कहा–
''पहली मुलाकात में ही
मुझे जड़ से उखाड़ा है
क्या मैं पूछ सकता हूं देवी जी
आखिर मैंने आपका क्या बिगाड़ा है?''
वह बोली–
''बतला रही हूं
जिस कवि सम्मेलन का आप
संचालन करके लौट रहे हैं
मैं वहीं से आ रही हूं।
डकैती डालना तो मेरा पार्ट टाइम जॉब है
वैसे मैं एक क्रांतिकारी कवयित्री हूं।''
अब कुछ समझ में आया
जब संयोजक ने तुझे मेरा नाम दिया था
तो तूने मुझसे
कविता-पाठ क्यों नहीं करवाया?
और जिसकी एक लाइन भी
अपनी लिखी हुई नहीं है
उसे कवयित्री कहकर

तूने चार बार पढ़वाया
उसे मीरा और महादेवी वर्मा से भी
चार फिट आगे बताया।
तू जहां भी जाता है
अपनी मुर्गियों से ही बांग दिलवाता है।
तेरे ही चक्कर में मैंने
डकैती का प्रोफेशन अपनाया है
मैं बहुत दिनों से तेरी तलाश में थी
किन्तु आज पकड़ में आया है।

■ ■

हुड़दंग

10/86, कोल्हाई, शाहगंज, आगरा-282010

इंटरव्यू

इंटरव्यू लेने वाले आफिसर ने
अर्जी में
बाप के नाम वाला खाली स्थान देखकर
उम्मीदवार से पूछा–
''बाप का नाम?''
उम्मीदवार उत्तर देते हुए बोला–
''नौकरी तो मुझे करनी है
बाप के नाम से क्या काम?
बाप का क्या है–
कोई भी हो सकता है
वक्त पड़ने पर तो
गधा भी बाप हो सकता है।
आप अगर हमको नौकरी दे देंगे
तो हम आपको ही बाप मान लेंगे
और बाप के नाम वाले खाली खाने में
आपका ही नाम लिख देंगे!''

जगन्नाथ विश्व

गरिमा, सी 17 दुर्गापुरा, बिरलाग्राम; नागदा (म.प्र.)

कबूतर और प्रेमिका

'कबूतर जा-रे-जा
ये मेरा प्रेम-पत्र
पिया के पास ले-जा'
ऐसा प्रेमिका ने कबूतर से बोला,
तो कबूतर ने भी प्रेमिका को तोला,
'माना कुंवारे जीवन का नया चालू सत्र है
परंतु यह कैसे मानलूं
तुम्हारी मौहब्बत का ये पहला पत्र है?'
प्रश्न सुनकर
प्रेमिका हो गई पूरी भाजपाई
उसने तुरंत राम की कसम खाई,
झूठ बोले कौवा काटे
सच बोले डैडी काटे!'
कबूतर बड़ा चालू था
अड़ियल पक्का लालू था
उसने अपना कंइयापन दिखाया,
'क्यों फोकट में भुना रही हो राम की माया?'
कबूतर की कंइयापन को समझकर
प्रेमिका भोली
धीरे से बोली,
'मेरे प्यारे मोगली
यदि तू नहीं जायेगा तो
मैं तुझसे रूठ जाऊंगी
और याद रख न पानी पिलाऊंगी
न दाना खिलाऊंगी,
कबूतर नेता की तरह सयाना था
उसे प्रेमिका को सबक सिखाना था
बोला, मैडम
अब आप रूठकर कहां जायेंगी
और कहां से दाना लायेंगी

अरे दाना तो अब
कुड़ियों को फंसाने के काम आता है
हम आपके हैं कौन
माधुरी दीक्षित से हमारा भी गहरा नाता है।'
प्रेमिका होकर परेशान
बोली, हे मेरे मन प्राण
इस पत्र में मेरा
पहला और अंतिम प्यार है
इसके लिए तू कहे जिसकी
कसम खाने के लिए दिल तैयार है
बोल तेरी कसम खाऊं
बता कौन-सा देवता मनाऊं?'
कबूतर ने कहा,
'मुझे उल्लू मत बनाओ
यदि कसम खानी है तो
गरीबी, भ्रष्टाचार, आतंकवाद की खाओ
प्रेमिका एक साथ
गरीबी, भ्रष्टाचार, आतंकवाद की
कसम खा गई
बाईगाड। कबूतर पर जबरन छा गई
'अरे वाह, तुम तो अपने वाली पर आ गई
यानि, मेरी कबूतरों की तरह
झूठी कसम खा गई
वह भी ऐसे
जैसे -
गधे घास को खा जाते
नेवले-सांप को खा जाते
सांप -आदमी को खा जाते
और आदमी-
आदमी को खा जाते।'
बेचारी प्रेमिका पाकीजा
कहने लगी, क्या करें,
आदरणीय आलीजा?
अपने स्वार्थ के लिए

और पापी पेट के लिए
गिरगिट की तरह रंग बदलना पड़ता है
इस जमाने की जहरीली हवा में
सबको ऐसा ही बहना पड़ता है
रोजाना सच को झूठ
और झूठ को सच कहना पड़ता है
वरना नयना की तरह
तंदूर में जलना पड़ता है
इंदिरा गांधी की तरह
अपने ही घर में मरना पड़ता है
मीरा की तरह विश्वासघात के कारण
भक्ति में विषपान करना पड़ता है
और तो और
द्रोपदी की तरह भरी सभा में
अपमान को पचाना पड़ता है
सीता की तरह छल-कपट, झूठ के कारण
धरती की बेटी को
धरती में समाना पड़ता है
अरे झूठों की यही बहुत बड़ी जमात है
सच्चे की क्या औकात है
इस प्रकार रत्ना के तुलसीदास की
कसम कालीदास की,
कबूतर के दिल में प्रेमिका ने बात जमा दी
कबूतर ने भी
प्रेमिका की चिट्ठी प्रेमी को थमा दी
जिसमें लिखा था एक प्रेम-गीत ताजा —
नजरें मिलीं दिल धड़का
मेरी धड़कन ने कहा
''आय-लव-यू-राजा''

■ ■

प्रभा किरण जैन

पन्ना भवन, 2 अंसारी रोड, दरियागंज, नई दिल्ली-110002

सड़क की राजनीति या राजनीति की सड़क

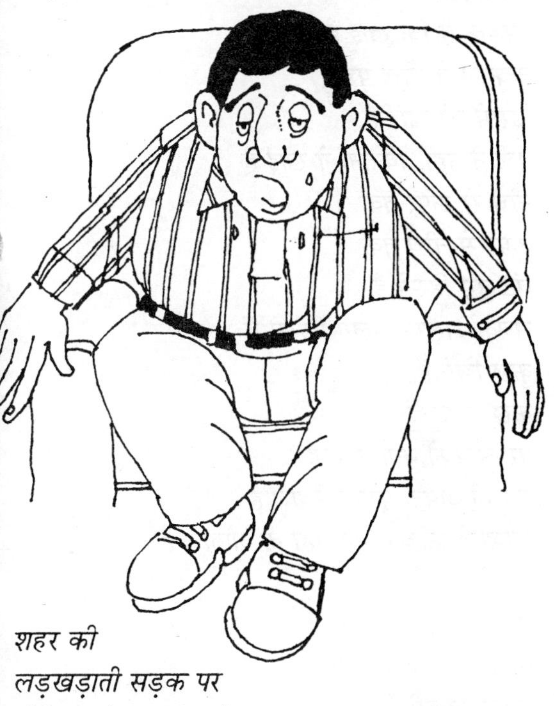

शहर की
लड़खड़ाती सड़क पर
सोते-पड़ते-लड़खड़ाते
हम
उनके घर पहुंचते ही
धम्म से
सोफे पर जा गिरे
वे बोले, 'अरे वाह,
आते ही लुढ़क गए
क्या इतने थक गए।'
हमने कहा —
'थक नहीं गए,
यूं कहिए बच गए
शुक्र है कि किसी गड्ढे में नहीं गिरे
हमें सड़क की रोड़ियों ने सरकाया
सड़क की खाई में गिरते

हमें रोड़ियों ने बचाया।'
वे बोले - 'यह सड़क तो
अभी-अभी सरकार ने बनवाई है'
हमने पूछा -
'सड़क है कि खाई है?'
तत्काल वे बोल पड़े,
'इसमें जो खाई है
एक ने नहीं, कितनों ने खाई है
नीचे से ऊपर तक
ऊपर से नीचे तक
बंटे हुए हिस्से हैं
सबके अलग-अलग किस्से हैं
कुछ छिपे हैं,
कुछ स्पष्ट हैं
पर आपको क्या कष्ट है?
यह तो अपना पुराना रिवाज है
आजादी के बाद की यही तो आवाज है
आओ,
मिलजुल कर खाओ
मिलजुल कर पचाओ
एकता जरूरी है
इसी में भला है
अपना गणतंत्र ऐसे ही चलेगा
और ऐसे ही चला है
बनकर टूटना, टूटकर बनना
सड़क की गति है
अपनी सरकार की भी
यही स्थिति है
राजनीति और सड़क
या सड़क की राजनीति
दोनों की एक ही नियति है।

■ ■